AF140140

Babette Buck
Tisch für Eine

Babette Buck wurde 1969 in Nürnberg geboren und wuchs als Kind eines Diplomingenieurs und einer Verwaltungsangestellten nach der Scheidung der Eltern bei ihrer Mutter auf.

Trotz ihrer eher musischen Begabungen entschied sich Babette Buck, auf Anraten ihrer Eltern, nach dem Abitur zum Studium der Betriebswirtschaft, das sie 1999 mit Diplom abschloss. Sie arbeitete viele Jahre im Marketing-Bereich, u. a. bei einem großen, internationalen Kosmetikkonzern sowie als Beraterin und Projektleiterin bei einer weltweit tätigen Marktforschungsagentur.

Verheiratet mit einem Koch, der seit Langem sein eigenes Gourmetrestaurant betreibt, erhielt sie über viele Jahre Einblicke in die »schillernde Welt« der Gastronomie, die sich im Arbeitsalltag als hart, mühsam und kräftezehrend entpuppte. Neben ihrem Job als Marketing-Beraterin unterstützte sie ihren Mann stets tatkräftig bei allem, was im Restaurant anfiel. Ihre Erlebnisse dort inspirierten sie zu ihrem Roman »Tisch für Eine«, in dem sie auch einige Episoden ihres Lebens in der Gastronomie wiedergibt.

Babette Buck ist eine leidenschaftliche Tier- und vor allem Hundeliebhaberin und verbringt ihre Freizeit am liebsten bei ausgedehnten Spaziergängen mit ihren Hunden. Sie liebt Italien, italienisches Essen und italienische Lebensart und fährt, wann immer es ihr möglich ist, mit ihrem Mann und ihren Hunden nach Ligurien, an den Gardasee oder in die Toskana.

BABETTE BUCK

Tisch für Eine

Auf der Suche nach sich selbst und

vielem anderen ...

Erzählung

Satz und Layout: Buch&media GmbH, München
Druck und Verlag: BoD – Books on Demand
Umschlagmotiv © fotolia.com – okalinichenko
Printed in Germany
ISBN 978-3-7392-7946-6

1

Zwei Wochen vor Weihnachten, Donnerstag, Viertel vor zwölf am Mittag. Der tägliche Wettlauf mit der Zeit hatte bereits am frühen Morgen begonnen. Tom, mein Mann, der Inhaber eines kleinen Gourmetrestaurants, war bereits um acht Uhr zu seiner täglichen Runde gestartet: Einkauf im Großmarkt, Getränkelieferant, Blumenhändler, Tischwäsche. Gegen 13 Uhr würde er ins Restaurant zurückkommen und dort mit seinen Vorbereitungen für die Küche beginnen, damit das Lokal pünktlich um 18 Uhr seine Türen öffnen konnte und für die Gäste bereitstand. Wenn wir Glück hatten, konnten wir an manchen Tagen zwischendurch eine kurze Pause machen und am Nachmittag selbst noch eine Kleinigkeit essen.

Verzagt sah ich mich im Lokal um: Der gestrige Tag war gut gelaufen, das Restaurant war bis auf den letzten Platz ausgebucht gewesen. Dementsprechend sah es auch aus – die vier Marmortische gegenüber der offenen Showküche im Erdgeschoss standen noch voller Gläser. Die Gäste waren so lange geblieben, dass Tom und ich das Servicepersonal irgendwann nach Hause geschickt hatten und die restlichen Gläser heute selbst spülen mussten. Die Küche, sowohl die Anrichtefläche, die nach vorne ins Lokal schaute, wie auch die Kochflächen an der hinteren Wand des kleinen Raums, war zwar grob aufgeräumt worden, sauber geputzt war aber noch nicht. Nebenan, in der winzigen Spülküche, herrschte das reinste Chaos an schmutzigen Tellern, Töpfen und Kochgeschirr, das heute noch beseitigt werden musste. Ich blickte zum Fenster hinter den Marmortischen und sah, dass sich dort bei Tageslicht schon wieder kleine Grauschleier bildeten, sodass heute wohl auch noch Fensterputzen zusätzlich auf dem Programm stand. Auch der Eingangsbereich – die schwere Holztür, die drei absteigenden Holztreppen, an die sich rechter Hand der erste Marmortisch anschloss sowie die dunklen Bodenfliesen – zeigte schon wieder derbe Spuren von Staub und Dreck, die bis heute Abend beseitigt sein mussten. Einzig der beige Sandstein, der das Mauerwerk umfasste und das helle Holzgebälk, das das historische Fachwerkhaus zusammenhielt, zeigten sich zeitlos, duldsam und völlig unbeeindruckt von der täglichen Hektik, die regelmäßig abends in diesem Raum ausbrach.

Ich ließ den Blick weiterwandern und versuchte, mir gedanklich einen groben Arbeitsplan für den Tag zu machen. Nachdem ich die Lage im Erdgeschoss sondiert hatte, ging es weiter ins erste Obergeschoss, das man über eine schmale Holztreppe erreichte, die auf der gegenüberliegenden Seite des Eingangs nach oben führte. Rechts neben dem Treppenaufgang schloss sich das maßangefertigte, hölzerne Weinregal an, das als Bindeglied zwischen dem Treppenaufgang auf der linken und der großen Anrichtefläche der offenen Küche auf der rechten Seite fungierte.

Am Ende der Stiege stand im ersten Stock links ein Holzbuffet mit Glastüren, in dem liebevoll Gläser und Spirituosen aufgebaut waren. Rechts befand sich der kleine Lastenaufzug, in dem die Teller mit den zubereiteten Speisen von der Küche nach oben transportiert werden konnten. Schräg davor ein großer, schwarzer Garderobenständer mit Metallaufhängern. Dahinter führte der Weg in den Gästebereich: ein quadratischer Raum, rechts eingefasst von einer rot-braunen Backsteinwand und links von einer glatten, weiß getünchten Schräge; dazwischen die Außenwand mit drei Fenstern. Sogar im Grau des Dezembertags und ohne sein übliches »Abendkleid« – den weißen Tischdecken mit blauen Platztellern, blauen Gläsern und weißen Kerzen auf den runden Tischen – wirkte der Raum anheimelnd und gemütlich. Vor allem die Streben des Holzgebälks an der Decke und der dunkle Eichenboden erzeugten ein Gefühl von Geborgenheit und Wärme.

Hier oben ergab sich das erwartete Bild: Jeder der insgesamt sieben Tische war abgedeckt und die Kissen der südländisch anmutenden Korbstühle waren noch zerknautscht vom Vorabend. Die Toilettentüren, die hinter dem Buffet nach links wegführten, standen weit offen und die am Vorabend an den Waschbecken gebrauchten Gästehandtücher waren bereits entfernt.

Ich würde also zunächst oben die Toiletten säubern und den Boden wischen, dann unten die Spülküche auf Vordermann bringen und das Geschirr reinigen, sodass Bernd, unser Oberkellner (oder »Chef de Rang«, wie er sich lieber nannte), gleich mit dem Polieren des Bestecks und dem Eindecken beginnen konnte, wenn er um 16 Uhr seinen Dienst antrat.

Ich stellte mich auf die übliche Schufterei ein. Nicht, dass das Lokal nicht nach zehn Jahren super laufen würde: Alles, was hier Rang und Namen hatte, kam zu Tom zum Essen. Er hatte es als absoluter Einzelkämpfer geschafft, sich aus dem Nichts einen glänzenden Ruf als Gastronom zu erkochen und war mittlerweile, dank zahlreicher hervorragender Bewertungen auf einschlägigen Onlineseiten, sogar der Nummer-eins-Tipp für Touristen und Geschäftsreisende in der Stadt. Seine Küche war so, wie das Restaurant selbst: eine Mischung aus Tradition und Moderne, die Gerichte klassisch, aber leicht und frisch inszeniert mit vielen mediterranen Einflüssen, verpackt in drei verschiedene Menüvorschläge, von denen sich einer auf Fisch, einer auf Fleisch und einer auf die Kombination aus beidem stützte. Das Menükonzept hatte sich gut etabliert und war für Tom gleichzeitig Markenzeichen wie praktische Notwendigkeit, denn der einzige

Mann in der Küche war er selbst. Er musste daher nicht nur auf ausgefeilten Speisekreationen, sondern immer auch auf deren Machbarkeit achten. An seiner Seite: Ich, die ihn tatkräftig unterstützte – in jeglicher Hinsicht und bei allem, was anfiel. Nur kochen konnte ich nicht. Im Service aber hatte ich mich gut eingearbeitet und achtete penibel auf alle Details im Gastraum, was uns ebenso wichtig war, wie dem Gast ein gutes Gefühl zu geben und ihm ein Höchstmaß an Aufmerksamkeit und Fürsorge zukommen zu lassen. Eine Reihe von Aushilfen unterstütze uns dabei im Service, wenngleich Toms Wunsch seit Langem ein zweiter festangestellter und vor allem gut ausgebildeter Kellner war. Aber die wirtschaftliche Situation des Lokals war allein aufgrund seiner Größe nicht einfach: Mit maximal 35 Plätzen auf zwei Ebenen war es schwierig zu bewirtschaften und umsatzmäßig sehr begrenzt. Wenn man von den Einkünften noch weitere Angestellte wie einen zweiten festen Kellner, einen Spüler und auch noch eine Putzfrau engagieren würde, wäre klar, dass für uns nichts mehr übrig bliebe. Also putzten und spülten wir nach wie vor selbst, auch wenn die Arbeiten mit zunehmendem Alter – immerhin waren wir mittlerweile über 40 – doch merklich beschwerlicher wurden und langsam die Frage aufkam, wie lange man das Restaurant mit diesem Kräfteeinsatz überhaupt betreiben konnte.

Das Handy summte in meiner Hosentasche und ich war gefasst auf einen von Toms täglich zigfachen Anrufen mit stets wechselnden und nie im Vorfeld einzuschätzenden Launen. Mal war er blendender Stimmung, weil vielleicht gerade ein Stammgast eine Veranstaltung im Lokal gebucht hatte oder auf einem Onlineportal eine gute Bewertung des Restaurants hereingekommen war. Häufig aber war er auch sehr echauffiert, weil er sich mit Lieferanten, Steuerberatern oder dem Finanzamt herumärgern musste. Ich fühlte mich jedenfalls mittlerweile wie sein seelischer Mülleimer, der permanent befüllt wurde und je nach aktueller Befindlichkeit alles Positive wie Negative schlucken musste. Meine eigenen Reaktionen und Gefühlsregungen stellte ich häufig hintan, denn so ersparte ich mir die ein oder andere leidige Diskussion. Aber gerade wenn sich Ärger abzeichnete, an dessen Entstehung Tom nicht ganz unschuldig war – was durchaus öfters vorkam – hatte ich immer noch nicht gelernt, ihm das dann n i c h t vorzuhalten und machte ihm mitunter zusätzliche Vorwürfe. Dies war vielleicht nicht geschickt, entsprach aber dann den Tatsachen und ich nannte die Dinge nun mal gerne beim Namen. Tom als klassischer Verdränger und Schönredner wurde hingegen nicht so gerne mit derben Fakten konfrontiert und regte sich meist noch mehr auf, wenn ich ihm diese dann noch ungeschminkt vor Augen führte.

»Jetzt hat dieser Vollpfosten im Großmarkt meine Fischbestellung für heute vergessen!« Aha, die Stimmung war also gerade gereizt. »Jetzt kann ich noch nach Brucking fahren und hoffen, dass dort im Großmarkt um die Zeit überhaupt noch irgendein Fisch da ist. Und ich bin heute sowieso schon spät dran. Wir haben heute Abend 35 Gäste, wie soll ich denn für die kochen, wenn ich keine gescheite Ware kriege?« Einer der klassischen Anrufe, bei dem ich eigentlich sowieso nicht wusste, was ich darauf sagen sollte. Das war natürlich ärgerlich, aber ich konnte weder etwas daran ändern, dass der Fisch nicht da war, noch, dass es bereits mittags war. Ausbaden musste das Ganze sowieso ich, denn Toms Gereiztheit, wenn er am Abend in seiner Küche in Stress kam, war kaum auszuhalten. Im Grunde war er ein unglaublich lieber, netter Mensch, den alle wegen seiner Warmherzigkeit und Freundlichkeit, die er jedem entgegenbrachte, gerne mochten. Aber die Ausbrüche in seiner Küche, wenn Kochgeschehen oder Service nicht rundliefen, waren gefürchtet. Wie Jekyll und

Hyde – kaum zu glauben, dass es der gleiche Mensch war. Wenn alle Gäste gegangen waren und sich die Lage wieder beruhigt hatte, war er wieder der friedlichste Mensch auf Erden, aber bis dahin konnte einem sein Theater wirklich den letzten Nerv rauben. Ganz abgesehen davon, dass Tom dann gerne in seiner Rage auch persönlich und verletzend wurde und obendrein erwartete, dass ihm keiner etwas nachtrug, weil ja alles nur dem Stress geschuldet war und er seine Kochhektik sowieso als Freibrief sah, sich gerne auch mal komplett danebenzubenehmen.

Ich ignorierte sein Lamentieren und meinte sachlich: »Bist du dann bis 13 Uhr da, die Regers wollten noch wegen eines Gutscheins vorbeikommen und wollten dich, wenn möglich, gerne auch wegen ihres Geburtstags kurz sprechen.«

»Was soll ich denn noch alles machen?«, platzte er heraus. »Kann mir vielleicht auch irgendjemand mal helfen?«

Das war zum Beispiel eine der Bemerkungen, die ich persönlich als Beleidigung empfand, weil ich nämlich seit fast zehn Jahren gar nichts anderes mehr machte, als ihm zu helfen. Aber gut, was soll's …

»Dann sprech ich halt vorab schon mal mit den Regers und sag ihnen, du bist heute aufgehalten worden und wirst dich in den nächsten Tagen noch mal bei ihnen melden, ok?«

»Ja … oh Mann, so ein Scheiß!«, plärrte es erneut aus dem Hörer. »Kann der vielleicht mal zufahren, hier sind ja wohl nur Idioten auf den Straßen unterwegs, so schaff ich das ja heute nie!«

Er war also im Auto unterwegs und telefonierte über die Freisprechanlage. Es folgte, wie sehr oft, eine Litanei an Beschimpfungen, Flüchen und Klagen, bevor – wie ebenfalls häufig – ein »ich muss jetzt Schluss machen« in den Hörer gebrüllt und die Verbindung unsanft beendet wurde.

Einerseits wusste ich natürlich, dass er es nicht böse meinte und nur der Druck und der Stress diese Art Ausbrüche hervorbrachte. Andererseits war ich jedes Mal wie vor den Kopf gestoßen, deprimiert und hatte das Gefühl, meine ganze Energie, meine Motivation und meine Zuversicht würden durch diesen einen Anruf aufgesogen wie von einem Staubsauger. Musste man sich sowieso schon mühevoll zusammenreißen, dass man den Alltag mit seinen Anforderungen absolvierte, so zogen einen solche Anrufe jedes Mal in ein kleines schwarzes Loch hinab, aus dem man sich Mal für Mal mit mehr oder weniger Mühe erst wieder herausziehen musste.

Ich versuchte, die düsteren Gedanken zu vertreiben und ging ans Werk. Station eins meiner Säuberungsaktion waren die Damentoiletten, dann wurden die Herrentoiletten geputzt, es folgte Holzbodenwischen im ersten Stock, Fliesenwischen im Erdgeschoss und schließlich stundenlanges Spülen … Gegen 14 Uhr war ich mit dem Standardprogramm durch und das Lokal sah wieder einigermaßen gut aus. Wenn dann noch eingedeckt war, hatte es wieder all seinen Charme und seine Beschaulichkeit, die die Gäste so liebten. Gerade für Auswärtige war das historische Fachwerkhäuschen eine Augenweide und löste oft wahre Begeisterungsstürme aus.

Kurz nach 14 Uhr flog die Tür auf und Chef Tom stürmte ins Lokal. »Jetzt hab ich grade noch diesen Affen vom *La Scalina* getroffen, der gemeint hat, es wären gestern bei ihm Gäste gewesen, die sich total über unser Lokal beschwert hätten. Sie wären vorletzte Woche da gewesen und der Service wäre unmöglich gewesen, arrogant und überheblich. Und auf der Karte wären Tagliatelle mit Steinpilzen gestanden und ich hätte dann aber ausrichten lassen, ich hätte keine Steinpilze da, wo doch – wie die Gäste meinten – im Moment jeder Supermarkt mit Steinpilzen überschwemmt ist.« Tom war offenkundig schon wieder auf 180.

»Das kotzt mich echt an, dass man sich von jedem dahergelaufenen Idioten beschimpfen lassen muss, der überhaupt gar keine Ahnung von Gastronomie hat!«

»Ich weiß schon, wie das war«, meinte ich möglichst ruhig. »Das waren ein paar so Lackaffen, die geschäftlich in der Stadt waren. Die waren derart von oben herab, dass Bernd wohl ein wenig auf stur geschaltet hat und sie dann auch mit einer gewissen Hochnäsigkeit bedient hat. Und Steinpilze hattest du an dem Tag nicht, weil der Großhändler nur minderwertige Ware dahatte, die du nicht kaufen wolltest. Ist egal, die waren so unangenehm, für mich ist das ok, wenn die nicht mehr kommen«, meinte ich etwas sarkastisch.

»Ja, und was ist, wenn jedem Gast dann was anderes nicht passt, dann kommt bald gar keiner mehr. Das hier ist meine Existenz!« Toms Stimmlage war laut und schrill geworden.

»Tom, man kann es nicht jedem recht machen. Und was du an Lob und Anerkennung von deinen Gästen bekommst, ist absolut außergewöhnlich. Ich habe es in den zehn Jahren fast nie erlebt, dass sich jemand ernsthaft beschwert hat, die meisten sind absolut begeistert von deiner Küche. Wenn dann halt mal bei einem Gast die Chemie nicht stimmt und er das Lokal oder uns oder den Kellner nicht mag, dann ist das halt so!« Ich versuchte, zu beschwichtigen, wusste aber, dass das im Moment wenig Sinn hatte. Denn: Nur ein anderes positives Ereignis konnte ein negatives Ereignis wieder wettmachen. Ich persönlich zählte da als äußerer Einfluss kaum, was mich manchmal etwas deprimierte. Ich hatte oft das Gefühl, ich konnte reden, so viel ich wollte und es brachte nichts, aber wenn er dann einen netten Anruf von einem beliebten Gast bekam, war alles wieder paletti.

Plötzlich nahmen wir hinter uns ein leises Blubbern wahr. Wir drehten uns um und sahen aus den Türritzen der Gläserspülmaschine schmale Rinnsale von Wasser laufen, begleitet von einem gedrückten Gegurgel, das aus dem Inneren der

Maschine kam. »Das auch noch!«, schrie Tom und sprang mit einem Satz schräg durch den Raum, hin zum Ursprung des Problems. »Jetzt ist auch noch die Maschine im Eimer. Wo krieg ich nun auf die Schnelle einen Mechaniker her? Heute Abend ist volles Haus« – wusste ich ja bereits – »und wir können nicht alle Gläser per Hand spülen, den Platz haben wir gar nicht.« Das hatte natürlich noch gefehlt. Technische Defekte waren gerade in der Weihnachtszeit ein gerne und häufig auftretendes Problem, das weiteren Unmut, Kosten und Zeitaufwand bedeutete.

Die nächsten zwei Stunden verbrachten wir damit, mit Technikern, Herstellern und Service-Dienstleistern zu telefonieren. Persönlich konnte kurzfristig natürlich niemand innerhalb von einer Stunde vor Ort sein, aber auch die Instruktionen via Telefon halfen nicht weiter. Jedes Mal, wenn wir die Maschine wieder anstellten, spie sie erneut Wasser und spritzte und gurgelte fröhlich vor sich hin.

»Ich ruf jetzt die Anna an, vielleicht kann die heute Abend noch zum Helfen kommen, einer ist ja dann nur mit Gläserspülen beschäftigt, wenn die Spülmaschine ausfällt.« Ich kramte die Nummer hervor, rief bei unserer neuen Aushilfe Anna, einer Lehramtsstudentin, an, und war überrascht, dass sie tatsächlich abends zum Helfen kommen konnte.

»So, das behebt zwar das Problem nicht, aber zumindest hilft Anna heute Abend mit.« Ich hoffte, Tom damit etwas zu beschwichtigen, aber das Gegenteil war der Fall. »Und wer zahlt das alles? Natürlich ich! Jetzt hab ich eine kaputte Maschine, die mich mindestens 800 Euro Reparatur kostet und noch eine zusätzliche Aushilfe. Da kann ich ja gleich zulassen, verdienen tu ich heute eh nix mehr.«

Ja, Gastronomie war ein hartes Brot, und heutzutage wenig lukrativ, aber ich konnte es jetzt auch nicht ändern. Ich war schon froh, dass letzten Endes nicht ich diejenige war, die auch noch die ganzen Gläser spülen musste.

Tom stob wie ein Zerberus davon, begleitet von weiteren Unmutsäußerungen: »Jetzt sitze ich sowieso in der Scheiße, es ist schon 16 Uhr und ich habe noch nichts vorbereitet! Dass ich alles alleine kochen muss, interessiert ja hier sowieso keinen. Dich ja eh nicht.«

Da war es wieder. Ich hatte es langsam echt satt, immer diese Vorwürfe zu hören. Ich wusste sehr gut, dass sich das Menü nicht von allein kochte und es nicht nur Zeit, sondern auch Muße brauchte, die Gerichte anspruchsgerecht auf den Teller zu bekommen (auch wenn Letzteres bei dem ständigen Dauerstress meistens auf der Strecke blieb). Aber trotz aller Umstände und Widrigkeiten gelang es Tom wie durch Zauberhand jeden Abend aufs Neue, die Gäste mit seinen Kreationen zu begeistern. Er hatte zweifellos ein großes Talent zum Kochen und war nicht nur ein geschickter Handwerker, sondern auch ein kreativer Künstler an den Töpfen. Davor hatte ich größten Respekt.

Die Vorboten jenes Abends waren also schwierig. Wenn man erst mal im Zeitplan hinterherhinkte, ließen sich die Verluste nicht mehr aufholen. Jeder Tag im Lokal glich einem separaten Projekt, das aus vielen einzelnen Arbeitsschritten mit festem Zeitbedarf bestand, die nacheinander abgearbeitet werden mussten. War man einmal in Verzug, löste das eine Kettenreaktion aus und alle nachfolgenden Arbeitsschritte verzögerten sich ebenfalls. Genau so war es auch an diesem Abend. Dass die Stimmung bereits schlecht war, als unser Chefkellner Bernd und unsere Aushilfen Lena und Anna ankamen, muss man nicht betonen. Tom konnte erst gegen 17.30 Uhr mit seinen Vorbereitungen, dem Mise en Place anfangen, was sogar für ihn als König der Improvisation und des »à la minute« brenzlig war. Aber allem Unheil zum Trotz hatte ich in zehn Jahren Gastronomie eines gelernt: Auch dieser Abend geht vorbei, egal wie.

Jetzt musste er allerdings erst einmal anfangen …

2

20 Uhr, Hochphase im Restaurant. Bis auf einen Zweiertisch im Erdgeschoss waren alle Plätze belegt. Eine der Reservierungen war sogar nicht nur mit den angekündigten fünf Personen, sondern zu acht gekommen, was uns bei der überschaubaren Größe des Lokals in unglaubliche Schwierigkeiten brachte und Tom zu seinem nächsten Wutanfall.

»Können die denn nicht wenigstens vorher anrufen, wenn sie auf einmal zu Mehreren sind?«, brüllte er mich aus seiner Küche an.

»Wir haben jetzt die Platzteller rausgenommen, enger eingedeckt und die Acht einfach an den großen runden Tisch platziert, das muss jetzt halt gehen«, entgegnete ich nüchtern. Wie gewohnt dominierte mein Pragmatismus. Man musste schließlich immer einen Weg finden, die »Herausforderungen« zu meistern und dabei so einfach und effizient wie möglich vorgehen.

Als Nächstes wollte eine Dame an Tisch 5 bei jedem Gang eine Extrawurst und ich wusste genau, dass Tom das beim Kochen völlig aus dem Konzept brachte. Ich wollte ihr also so höflich wie möglich erklären, dass wir ihren Wünschen zwar gerne entsprechen würden, der Zeitbedarf für die Zubereitung sich dann aber drastisch verlängerte. Wenn sie wollte, würden wir also gerne das Rinderfilet und nicht das Stubenküken zum Hauptgang zubereiten, außerdem das Risotto anstelle der Tagliatelle mit geschmorten Tomaten, Morchel-Rahm und grünem Spargel als Zwischengang vorbereiteten und natürlich auch den Kalbsbries durch die Wachtelbrust ersetzen. Außerdem würden wir wunschgemäß darauf achten, dass das ganze Menü glutenfrei zubereitet wurde, niemals Butter, sondern nur Olivenöl an die Speisen herankam und die Jus keinesfalls mit Mehl abgebunden war. Meinen Hinweis, dass jeder Gang für diesen Tisch dann etwas länger dauerte, ignorierten die Gäste geflissentlich. Freundlich erklärte ich in dem Zusammenhang auch noch das Konzept unseres Restaurants, das einen besonderen Fokus auf die Qualität der Zutaten und der Zubereitung legte. Ich hob hervor, dass mein Mann alle Speisen selbst und frisch zubereitete und dass wir das Menükonzept aus dem Grund verfolgten, weil es die Konstellation unseres Restaurants schlichtweg erforderte: Reines À-la-Carte-Geschäft wäre für eine Person nicht kochbar. Die Kuh glotzte mich mit großen Augen an und mir war klar, dass es sie nicht die Bohne interessierte, warum wir was wie anboten. Gleichzeitig war mir ebenso klar, dass sie sich sowieso im Lauf des Abends über alles Mögliche beschweren würde, auch wenn man sie vorher ausdrücklich auf das ein oder andere hingewiesen hatte.

Auch egal, weiter im Text. Tisch 6 wartete gefühlt schon ewig auf seine Flasche Sauvignon Blanc von Jerman, die sich offenbar beharrlich vor unserer Servicekraft versteckte, denn diese war seit geraumer Zeit im Weinkeller verschwunden. Nicht, dass dieser Wein nicht einer der Gängigsten im Lokal war und sogar unser Hund wahrscheinlich mittlerweile wusste, wo er anzufassen war. Nach zehn weiteren Minuten war auch noch Anna im Weinkeller verschwunden, die offenbar von Lena bei der Suche zu Hilfe gerufen worden war. Wie vermutet stand Lena trotz intensiver Suche und mitsamt Anna dann mit leeren Händen vor mir und fragte zaghaft: »Wo finde ich denn den Jerman?« Es war zum Aus-der-Haut-fahren, vieles ist doch wirklich nicht so schwer, als dass es nicht bewältigt werden konnte. Jetzt verbrachten zwei Leute bei vollem Restaurantbetrieb erst mal 20 Minuten im Weinkeller und fanden die Flasche dann immer noch nicht. Ohne Worte. Gereizt fuhr ich sie an: »Lena, das ist einer der am häufigsten verkauften Weine bei uns. Es kann doch nicht sein, dass du immer noch nicht weißt, wo der steht!«

Gut, wenn ich genervt war, hatte ich manchmal auch einen entsprechenden Ton dem Personal gegenüber drauf, aber ich fand, dass das auch mitunter sein musste. Meine Hoffnung war, dass man dann verstand, was absolut inakzeptabel war. Aber auch da erwartete ich wohl oft zu viel.

Ich schnappte mir den Schlüssel vom Weinkeller und ging selbst los. Der Sauvignon von Jerman erwartete mich am gewohnten Platz und innerhalb von 30 Sekunden war die Flasche Wein im Lokal. Allerdings noch nicht am Gast, denn die beiden Service-Damen schwirrten gerade in wilder Hektik um den zuletzt erschienen Tisch herum, der offenbar einigen Wirbel durch seine extravaganten Getränkewünsche verursachte. Ich preschte vor und rief beide Kellnerinnen zu mir.

»Lena, kannst du dich bitte weiter um Tisch 6 kümmern und Anna, was möchte denn Tisch 3 so Besonderes haben? Könnt ihr euch bitte jeder um seine eigenen Tische kümmern, sonst artet das hier in Chaos aus.«

Die Überforderung stand ihnen ins Gesicht geschrieben, und mir die Verzweiflung. So schwierig war es doch nun auch nicht, einen einigermaßen guten Service abzuliefern – sollte man meinen.

Ich ging also selbst an Tisch 3 und hörte mir gerne an, welche Vorstellungen der Gast von seinem Martini in Bezug auf Marke, Temperatur sowie Glasform hatte. Alles nach eben diesen zubereitet, drückte ich Anna das Tablett in die Hand, in der Hoffnung, sie könne es wenigstens unfallfrei zum Gast transportieren.

Wieder runter ins Erdgeschoss, die Hauptgänge für Tisch 22 und 23 müssten gleich fertig zum Schicken sein. Gerade als ich auf dem Weg zur Küche am Eingang vorbeikam, öffnete sich die Tür und zwei Herren mittleren Alters traten ein. Ich bremste abrupt, positionierte mich hinter dem kleinen Empfangstisch, der seitlich vor dem Treppenaufgang an der Wand stand, und versuchte, mein 08/15-Job-Lächeln aufzusetzen.

»Guten Abend, herzlich willkommen in der Restauration *Wembachs*!« Betont freundlich grinste ich die beiden an. Der Erste war ein (auch mitten im Dezember) braun gebrannter Italo-Typ mit schulterlangen schwarzen Locken, schwarzen großen Augen und einem leicht überheblichen, prüfenden Blick, den ich gut kannte und mit dem einige der sehr anspruchsvollen Gäste zuerst einmal kritisch prüften, ob Ambiente und Gegenüber ihren stark gehobenen Ansprüchen überhaupt genügen konnten.

»Das *Grandhotel* hat vor einer halben Stunde für uns angerufen und einen Tisch für Nestor reserviert«, ließ sich der Braungebrannte herab, mir mitzuteilen.

Er ging einen Schritt weiter ins Lokal und der zweite Herr folgte ihm nach, jener ein recht kleiner, schmächtiger, eher blasser Typ mit braunem, bereits etwas schütterem Haar. Der Zweite wirkte weder überheblich noch freundlich, zeigte zunächst überhaupt keine Regung und sagte auch nichts. Beide trugen schwarze Hosen und schwarze Hemden, was an ihnen aber aufgrund ihres unterschiedlichen Typs völlig anders wirkte. Der Südländer in der schmal geschnittenen Glanz-Variante eines Disco-Oberhemdes wirkte cool und lässig, der Unscheinbare im dezent-unauffälligen Baumwollmodell fiel kaum auf.

»Bitte sehr!« Ich machte einen Schritt nach links an den beiden vorbei und zeigte mit einer ausladenden Handbewegung auf Tisch 20, den letzten in der Reihe der vier Marmortische. Man hatte von dort einen direkten Blick in die offene Küche, in der Tom im Moment unter Hochdruck herumwirbelte. Tisch 20 befand sich allerdings unmittelbar am Eingang und nur eine schmale Glasabdeckung trennte die daran sitzenden Gäste von der Eingangstür.

Sicher nicht der beste Platz im Lokal, aber zu jenem Zeitpunkt gerade der einzige. Schon kam die erwartete Frage: »Haben Sie noch einen anderen Tisch?« Der Südländer rümpfte die Nase.

»Wir sind heute Abend leider« – leider sagen wir zwar immer so, bedauern tun wir das aber natürlich nicht – »völlig ausgebucht und Ihre Reservierung kam erst vor einer halben Stunde …« Ich bemühte mich um Freundlichkeit, aber die wahren Worte hinter meiner Auskunft waren: »Ok, wenn's euch nicht passt, geht bitte einfach wieder.« Diese unterschwellige Botschaft schien trotz meiner Bemühung um vordergründige Freundlichkeit durchzudringen. Wenig begeistert nahmen die beiden also Platz, der Unscheinbare auf der Bank mit Blick in die Küche, der Italo-Typ ihm gegenüber auf dem Stuhl. Als ich mich umdrehte, sah ich, dass Tom die Szene aus der Küche heraus offenbar beobachtet hatte und bereits in Angriffsposition war. Ich eilte zu ihm hinter die Anrichtefläche, wo er bereits Anlauf nahm, um an den Gast-Tisch zu eilen. »Passt denen jetzt der Platz nicht oder was?«, zischte er mir entgegen. »Da geh ich jetzt hin, was glauben die denn, wer sie sind. Wie heißt denn der?«

»Das *Grandhotel* hat auf den Namen Nestor reserviert, aber erst vor einer halben Stunde.«

Tom stob an mir vorbei, hielt nach wenigen Schritten jedoch abrupt inne und drehte sich wieder zu mir um. Er lehnte sich über die große Anrichtefläche, unter der die Weinklimaschränke beherbergt waren und wisperte mir mit gedämpfter Stimme zu: »Hast du gesagt Nestor? Ist das Roby Nestor?« Er war etwas irritiert und schielte möglichst unauffällig zu dem Unscheinbaren auf der Bank.

»Roby Nestor?«, wiederholte ich unbeteiligt. »Keine Ahnung, ich weiß nicht mal, wer Roby Nestor genau ist, was er macht oder wie er aussieht«, entgegnete ich genervt.

»Na, Roby Nestor, der bekannt bayerische Musiker und Wortakrobat« – Tom schielte immer noch zu Tisch 20. »Mensch, das ist der Roby Nestor, den find ich schon seit 15 Jahren super!« Wie so oft wechselte Toms Stimmungslage innerhalb von Sekunden und ein seliges Grinsen löste den zornig-angespannten Gesichtsausdruck ab.

»Wahnsinn, der Roby Nestor, das ist ja super!« Beflügelt schwebte er zu Robys Tisch, wo er sofort begann, mit Begeisterung auf diesen einzureden. Tom war nie aufdringlich den Gästen gegenüber, aber in dem Fall merkte man ihm seinen Enthusiasmus deutlich an.

»Sie sind doch Roby Nestor, richtig?«, näherte er sich dem Unscheinbaren. Der nickte ihm, jetzt mit einem etwas verschmitzten Lächeln, zu. Auch der Italo-Typ schien etwas aufzutauen, beide sichtlich angetan, dass Roby erkannt und verehrt wurde.

»Das ist mir eine sehr große Freude, dass Sie bei mir essen, was möchten Sie trinken?«

Ich wanderte als Back-up ebenfalls zu Tisch 20 zurück und horchte aufmerksam, was die Herren denn als Aperitif zu sich nehmen mochten.

»A Glasl Champagner kannt net schodn«, schmunzelte Roby. »Des is übrigens der Angelo, mei Tour Manager.« Angelo grinste Tom und mir zu.

Tom quasselte weiter: »Ich bin schon seit 15 Jahren total begeistert von dem, was Sie machen. Darf ich Sie fragen, wie Sie denn auf unser Lokal gekommen sind?«

»Jo mei, ganz ehrlich gsagt wollt' mer in den Drei-Sterne-Ladn hier in der Stadt, die *Genusswerkstatt*. Des Madl vom *Grandhotel* hat dann dort ogruafa, ober's wor scho oalls voll.

Nachherd hat's uns des *Wembachs* empfohln, und do samma.«
Roby grinste.

»Da freuen wir uns sehr. Darf ich Sie denn zum Essen auf
eine schöne Flasche Wein einladen? Falls Sie das Land-Menü
wählen, vielleicht einen Brunello?« Ich fand Toms Schleimerei
schon fast abstoßend, aber Roby freute sich: »Jo, do kannt mer
a bissl brunelliern, das woa stoark«, witzelte er. »Und – füa
di bin i der Roby!«

Mir war klar, dass Tom jetzt, wo ihm Roby auch noch das
Du angeboten hatte, vor Begeisterung völlig aus dem Häus-
chen geraten würde. Ich entfernte mich rasch, um Champagner sowie Rotwein zu holen und überließ den weiteren
Small Talk mit diesen Gästen gerne Tom. Der Tag war bislang schon anstrengend genug gewesen, und ob jetzt hier
Roby, Tobbi oder das Fliewatüüt saßen, war mir leidlich egal.

Zurück in der Küche gab sich Tom beflügelt von der Anwesenheit seines hohen Besuchs.

»Das find ich ja so super, dass die heute zu uns gekommen
sind. Ich muss die Frau Marl vom *Grandhotel* unbedingt morgen anrufen und mich bedanken, dass sie den Roby zu mir
geschickt hat.«

22.30 Uhr: Die meisten Tische waren zu fortgeschritte-
ner Stunde bereits beim Dessert angelangt, nur die Stargäste
hinkten noch hinterher. Sobald auch hier das Dessert serviert
war, flitzte Tom wieder vor zu Tisch 20 und startete eine
intensive Unterhaltung mit Roby und Angelo. Im Verlauf
des Gesprächs wurden die beiden zunächst zum heutigen
Essen und Trinken komplett eingeladen und im Gegenzug
wurden Tom und ich (nachdem ihnen klar war, dass ich Frau
Wembach bin) am 22. Dezember nach München zu seiner
letzten Veranstaltung in diesem Jahr eingeladen. Tom platzte
förmlich vor Stolz ob der Einladung. Mir hingegen passte das
zwei Tage vor Weihnachten überhaupt nicht. Erst gestern

hatten wir darüber gesprochen, was vor den Feiertagen noch alles anstand und wie viel wir gerade in den letzten Tagen vor Heiligabend abzuarbeiten hatten. Da der 22. ein Montag, also der Ruhetag des Lokals war, wollte Tom aber auf jeden Fall nach München fahren. Ich nicht. Nachdem ich also nicht wie Tom wegen der Einladung in Begeisterungsstürme ausbrach, beäugten mich die beiden Münchner Gäste mit kritischem Blick.

»Äh, nun ja, wir haben vor Weihnachten noch so viel zu tun und am 23. eine große Feier mit 30 Personen. Da werden wir es am 22. vielleicht gar nicht schaffen, nach München zu fahren …« Ich lächelte entschuldigend, sah aber an den entgeisterten Gesichtern um mich herum, dass man mich nicht verstand. Wie konnte ich es wagen, diese Einladung auszuschlagen? Tom warf mir einen drohenden Blick zu und beteuerte: »Natürlich schaffen wir das! Wir kommen auf jeden Fall nach München, vielen Dank, wir freuen uns, super!«

Ja klar, alles super.

3

Aber schon in der darauffolgenden Woche gab es noch größeren Promi-Alarm im Lokal, der sich zunächst unauffällig anbahnte.

Genau eine Woche nach Robys Besuch rief am frühen Nachmittag ein Herr Mayen von einer gewissen Agentur Dittrich aus Berlin an. Er erkundigte sich zunächst nach der Art der Küche, die wir anboten, nach dem Restaurant an sich, seiner Größe, seiner Lage und schließlich nach der Verfügbarkeit freier Plätze am nächsten Samstag. »Eigentlich sind wir am Samstag schon komplett ausgebucht«, erklärte Tom, der in der Küche bei den Vorbereitungen für den Abend neben mir stand. »Aber worum geht es denn genau?«

Endlich rückte Mayen mit der Sprache heraus: »Wir betreuen einen Stargast von *Wetten, dass..?*, der am Samstag vor oder nach der Sendung noch in die Stadt zum Essen gehen möchte.«

Da Tom den Lautsprecher des Telefons eingeschaltet hatte, hörte ich mit und wir beide sahen uns überrascht an. Ich konnte in Toms Blick bereits wieder erste Wogen der Begeisterung erkennen.

»Natürlich müssten wir uns das Lokal erst einmal genauer ansehen. Könnten wir so in ein bis zwei Stunden mal kurz vorbeischauen?«

»Aber selbstverständlich, gar kein Problem. Wissen Sie, wie Sie uns finden?« Er gab Mayen kurz einige Details bezüglich der Anfahrt mit und legte den Hörer auf.

»Endlich kommt einmal ein Weltstar zu uns. Darauf warte ich schon Jahre!« Tom war bereits jetzt überwältigt, obwohl noch gar nicht klar war, ob denn überhaupt ein Stargast kommen würde.

»Na ja, die schauen sich jetzt bestimmt mehrere Restaurants an und entscheiden dann erst, wo sie hingehen«, dämpfte ich den aufkommenden Enthusiasmus.

»Ok, das heißt für uns, in spätestens einer knappen Stunde muss alles stehen, komplett eingedeckt, geputzt und aufgeräumt sein.« Tom war voller Tatendrang.

Klar, wer sich darum kümmern musste. Ich flitzte los und legte noch einen Zahn mehr zu als gewöhnlich, sodass ich in 50 Minuten das Gröbste geschafft hatte. Wenn Mayen jetzt kam, konnte man die potenziellen Gäste schon guten Gewissens reinlassen, auch wenn so manche Feinheit zeitbedingt auf der Strecke geblieben war – die Menükarten waren noch nicht gedruckt und eingedeckt, die Blumendekoration auf den Tischen und Fensterbrettern fehlte und auch die kaputte Lampe in der Deckenbeleuchtung des oberen Gastraumes war noch nicht ausgetauscht. Alles in allem war das Lokal aber vorzeigbar.

Ich begab mich nach unten, wo Tom bereits wie ein Löwe im Käfig auf und ab ging, den Blick starr aus dem Fenster gewandt, damit er sehen konnte, wenn die Promi-Abordnung eintraf. Wenige Minuten später dann der große Aufmarsch. Vorhut: Zwei sehr coole Typen um die Dreißig, sehr trendige Klamotten und gewollt unfrisiert wirkender Haarschnitt, ein »Ich bin wichtig«-Tattoo auf der Stirn hätte ihnen noch gefehlt. Danach zwei Muskelprotze, der eine eher mit osteuropäischen Gesichtszügen, der andere mehr südländisch. Ein Asiate mit überdimensionalem Fotogerät sowie eine blonde, elfenhafte Barbie bildeten den Abschluss der Truppe. Unser Lokal war schon fast zu klein, um die gesamte Delegation unten in einer Reihe begrüßen zu können und so führten wir sie direkt nach oben in den Gastraum im ersten Stock. Die zwei Coolen waren Deutsche, die anderen offenbar verschiedener Herkunft und sprachen Englisch. Die beiden Coolen ließen den Blick prüfend durch das Lokal schweifen, blickten sich an, blickten uns an. Tom erklärte ihnen noch mal sein Küchenangebot und wollte wissen, wie viele Personen denn zu kommen gedachten.

»Also zur Küche: Unser Gast ist Veganer – eigentlich – manchmal isst er auch etwas Fisch oder Käse, meist aber nicht. Kann auch sein, dass er mal ein Geflügel haben möchte. Ist das für euch ein Problem?«

»Nein, gar nicht.« Tom wedelte mit seiner Menükarte herum und präsentierte sie den beiden Wortführern. »Das wäre jetzt normalerweise unser Menü für Samstag, aber wir können das natürlich gerne ändern oder Zusätzliches anbieten. Die klare Tomatenessenz mit gebratener Jakobsmuschel zum Beispiel wäre vielleicht ganz passend, auch die Tagliatelle mit schwarzen Trüffeln, die sind komplett ohne Fleisch und Fisch …«

»Ja, das müsste gehen …«, der Coole wandte sich an seine Kollegen. »What do think, is that where he would like to go?«

Die Lady antwortete in breitem Amerikanisch: »Oh that's lovely, such a nice building, and it's so tiny, so small …« Ja, da hatte sie auf jeden Fall recht, groß waren die Räume wirklich nicht.

Unsere Frage, wer denn »he« nun eigentlich wäre, wurde geflissentlich übergangen, der Wortführer brummte nur undeutlich vor sich hin, dass man darüber nicht sprechen könne.

»Ok, wir sehen uns noch zwei andere Restaurants an und melden uns dann heute Abend noch. Falls wir kommen, kann es sein, dass wir am späten Nachmittag vor der Show kommen oder erst sehr spät nach der Show. Unser Gast wird nicht bis zum Ende in der Sendung bleiben, das heißt wir würden ihn vorzeitig rausholen und dann hierher bringen.«

»Kein Problem«, meinte ich lässig. »Wir können uns da ganz auf euch einstellen.« Die Agentur stammte aus Berlin und mir war schon klar, dass die Kollegen uns hier als hinterwäldlerische Bauerntrampel betrachteten, deshalb wollte ich so offen und kosmopolitisch wie möglich wirken. Ein gewollt smartes, in Wirklichkeit dann wohl eher etwas dümmlich wirkendes Grinsen sollte meine Lässigkeit unterstreichen.

Prompt fixierte mich die blonde Lady und sagte: »Oh, you're from here, right? Local people! So lovely!«

»Yes, I'm from here«, erwiderte ich schulmädchenhaft, *and I will probably be here for the whole rest of my life, wenn's so weitergeht …,* fügte ich in Gedanken hinzu. Danke dafür, dass ihr mir vor Augen führt, dass ich eine kleinstädtische Pomeranze bin, die es nicht geschafft hat, in ihrem Leben mal in die weite Welt hinauszukommen, geschweige denn, diese zu erobern.

4

Am kommenden Samstag umwehte uns also der Duft der großen Welt und der Glamour des Showgeschäfts. Mayen und seine Truppe hatten entschieden, dass unser Restaurant für das Essen (vor oder nach der Fernsehsendung) ausgewählt werden sollte. Sie wollten am frühen Samstagnachmittag noch mal vorbeikommen und die Vorbereitungen begutachten. Für uns hieß das: große Tafel für zehn Personen eindecken (denn so ein Star kommt natürlich mit Entourage), falls er vor der Show kommt, dann alles wieder umdecken und die normalen kleinen Tische stellen für den Abend, der wieder ausgebucht war, dann gegebenenfalls erneut die große Tafel stellen, wenn *er* erst nach der Sendung hereinschaute. Mittlerweile hatten wir durch intensive Recherche der Wetten-Dass-Gästeliste die Zielperson identifiziert: Es musste ein Amerikaner sein, vegan (oder zum Teil vegan) lebend, verheiratet (denn Mayen hatte noch erwähnt, dass seine Frau ebenfalls mitkommen würde), das konnte also in diesem Fall nur Arthur Miller sein, der in der Sendung seinen neuen Film präsentierte.

Mir war am Samstag schon seit dem frühen Morgen schlecht und ich hoffte inständig, dass dieser Tag möglichst schnell vorbeigehen würde. In den einschlägigen Boulevardblättern lässt sich ja zuhauf lesen, welche Allüren diese großen Stars gerne entwickeln, wie schwierig sie im Umgang sind und wie anspruchsvoll in Bezug auf Dienstleistungen aller Art. Sicher war Tom ein super Koch, aber das hieß ja noch lange nicht, dass Arthur mochte, was wir ihm kredenzten und dass Bernd und ich den Stargast mit unserem Service von uns einnehmen konnten beziehungsweise dass in der Küche alles rundlief. Schon wenn jeder der zehn Gäste einen Extrawunsch hatte, brachte das Tom in der Küche in ernste

Schwierigkeiten und konnte leicht den ganzen Abend sprengen. Am liebsten wollte ich mich in ein Loch verkriechen und erst rauskommen, wenn sich der Starrummel wieder verzogen hatte. Auf der einen Seite kümmerte ich mich zwar gerne um unsere Gäste und versuchte immer, jeden Einzelnen in seiner speziellen Art inklusive seiner individuellen Wünschen und Vorlieben abzuholen, auf der anderen Seite wäre es auch schön, wenn man sich einfach mal hinter anderen verstecken könnte und nicht permanent als »Gesicht des Lokals« im Vordergrund agierend alles verantworten müsste. Und wer sprach hier von *einem* Extrawunsch jedes Gastes?

Aber der Reihe nach: Die Vorbereitungen liefen den ganzen Tag über auf Hochtouren, Tom schnippelte, brutzelte und köchelte, was das Zeug hielt. Ich bereitete derweil mit Bernd den Gastraum vor, sorgte für ausreichend Dekoration und gefüllte Getränkevorräte. Mayen hatte uns bereits einige Verhaltensmaßregeln und Ablaufvorschriften telefonisch durchgegeben, die ich stichpunktartig notiert hatte:

- Grundsätzlich galt: In keinem Fall durfte man Arthur direkt ansprechen, sondern nur über seinen Assistenten mit ihm kommunizieren.
- Falls abends noch andere Gäste im Lokal zugegen wären, durfte auf gar keinen Fall einer dieser Gäste an den Startisch herantreten. Sollte es jemand wagen, Arthur in seiner Privatheit beim Essen mit einem Autogrammwunsch zu belästigen, würde das schwerwiegende Konsequenzen für uns, unser Lokal und unsere Zukunft haben, so hatte Mayen verlauten lassen *(war das sein Ernst??)*.
- Bei Betreten des Restaurants durften Tom und ich den Gast offiziell begrüßen, ihm aber nicht die Hand geben. Nur, wenn er seine Hand reichte, durften wir das erwidern.
- Wir durften die Arthur-Gruppe, nachdem sie Platz ge-

nommen hatte, auf keinen Fall wie normale andere Menschen nach ihren Aperitif-Wünschen fragen, sondern sollten sofort eine eiskalte Flasche Blanc-de-Blanc-Champagner öffnen und kredenzen. Der Champagner sollte dabei von Arthurs Assistent, der in der Regel rechts neben ihm saß, vorgekostet werden. Wenn das Getränk für gut befunden wurde, bekam Arthur als Erster eingeschenkt, danach die Damen (voraussichtlich seine Frau und drei Begleiterinnen), dann die anderen anwesenden Herren des »kleinen Appartements«, wie ich scherzhaft dazuschrieb *(wohl ein Begriff des österreich-ungarischen Hof-Zeremoniells, das den engen Personenkreis beschreibt, der den Adeligen umgeben darf – aus den alten Sisi-Filmen konnte man doch immer wieder viel lernen …).*

- Was das Mineralwasser anging: Arthur bevorzugte norwegisches Wasser ohne Kohlensäure, das er nur mit Zimmertemperatur trank, wobei das Wasser in Glaskaraffen umgefüllt werden musste, bevor es eingeschenkt wurde. Wir durften Arthur zwar einschenken, ihn dabei aber nicht ansprechen. Die Wasserkaraffe musste in Reichweite seines Assistenten am Tisch abgestellt werden.

- Das Essen würde sich Arthur selbst aussuchen und vielleicht sogar persönlich bestellen. Ansonsten würde er seinem Assistenten zuflüstern, was er haben wollte, der das wiederum an uns weitergeben würde.

- Der Wein würde wahrscheinlich von Arthurs Assistenten ausgesucht werden. Hier galt das gleiche Prozedere wie beim Servieren des Aperitifs: erst Assistent, dann Arthur, dann die Damen, dann die restlichen Herren am Tisch.

- Sollte Arthur den Tisch während des Essens verlassen, durfte nicht weiter serviert werden (keine weiteren Speisen, aber auch kein Wasser, Wein, keine anderen Getränke für ihn selbst oder andere Personen), bis er wieder zurückkam. Sollte er gar nicht zurückkommen – was bereits durchaus vorgekommen war – bedeutete das, dass ihm das Dargebotene (Essen, Trinken, Ambiente, anwesende Personen oder alles zusammen) missfallen hatte und er den Aufenthalt sofort abbrechen wollte.

Man sagt, er habe für solche Fälle immer eine Kostümierung dabei, die er dann auf der Toilette anlege, um das Lokal inkognito verlassen zu können. Die Kostümierungen wiesen dabei oft einen regionalen Bezug auf: So habe man ihn angeblich schon dabei beobachtet, wie er als eingeborener Hawaiianer ein Nobelrestaurant in Stockholm verließ, wobei er sich allerdings vertan hatte: Sein Management hatte nämlich kurzfristig die Stationen der Promotiontour seines letzten Films komplett umgeworfen, sodass Schweden zusätzlich in die Reiseplanung aufgenommen worden war, Arthur das aber nicht mitbekommen hatte. Da er bereits seit 20 Tagen an 30 verschiedenen Orten unterwegs gewesen war, bei der Landung geschlafen und auch die Fahrt zum Restaurant kaum wahrgenommen hatte, war ihm entgangen, dass er sich in Stockholm und nicht auf Hawaii befand. Da in Schweden zu dieser Zeit 5 Grad minus und nicht 33 Grad plus herrschten, war sein Fluchtoutfit nicht nur geografisch, sondern auch meteorologisch völlig fehl am Platz. Das nahm er aber erst wahr, als er die Flucht aus dem Restaurant antrat, das wohlig beheizt gewesen war. Die örtliche Polizei hatte ihn kurz nach Verlassen des Stockholmer Restaurants aufgegriffen, in der Annahme, es handele sich um eine geistig verwirrte Person, die völligen Unsinn erzählte und der geholfen werden musste. Sein Assistent hatte einige Mühe, Arthur wieder aufzutreiben und aus dem Gewahrsam der Polizei zu befreien.

Insofern versprach das ja alles in allem, ein recht entspannter Abend zu werden.

5

Samstag, 15 Uhr: Wir warten. Mayen wollte einen letzten Check im Lokal machen und sehen, ob alles seiner Vorstellung entsprach. Bis jetzt hat er sich noch nicht gemeldet.

16 Uhr: Wir warten immer noch. Sollten die Gäste tatsächlich vor der Show kommen, wäre das etwa gegen 17 Uhr, so hatte es geheißen. Bis dahin ist ja eigentlich nicht mehr so viel Zeit.

17 Uhr: Das Warten nimmt kein Ende. Mayen hat sich noch nicht gemeldet und ist auch nicht erreichbar. *Kommen sie jetzt oder kommen sie nicht?*

17.10 Uhr: Endlich ein Anruf. Mayen erklärt uns, der Ablauf hätte sich aufgrund der heutigen Befindlichkeit des Stars komplett geändert, denn man hätte vor der Sendung noch das Dokumentationszentrum zum Zweiten Weltkrieg besucht, wäre dort tiefer in die geschichtlichen Hintergründe eingetaucht und sei immer noch dort vor Ort. Der Besuch in unserem Lokal würde nicht mehr vor der Sendung stattfinden.

Mir wäre es lieber gewesen, sie wären jetzt endlich aufgetaucht und der ganze Spuk hätte dann nach zwei Stunden mal ein Ende gehabt. So ging das Theater natürlich weiter und wir würden am Abend bei einigen Tischen eine Doppelbelegung haben ... schließlich war das Restaurant bereits vor Mayens Reservierung eigentlich ausgebucht gewesen.

Bernd und ich deckten also oben die große Tafel, an der sich die Prominenz nachmittags hätte zusammenfinden sollen, wieder ab, stellten die vier Einzeltische, aus der sie bestand, wieder separat und deckten die kleinen Tische neu ein. Alle Tische mussten für den Abend strategisch geschickt vergeben werden, damit sichergestellt war, dass die Gäste an den kleinen Tische bis 22 Uhr spätestens wieder verschwunden waren, sodass der Platz für Arthur frei war und aufs Neue vorbereitet werden konnte. Alle anderen Gäste, die bereits für 18 Uhr oder 19 Uhr reserviert hatten, sollten daher an den Tischen platziert werden, die später für Arthurs Tafel benötigt wurden.

Im Handumdrehen war es 18 Uhr, und die ersten Gäste betraten das Lokal bereits eine Minute nach sechs, als wir gerade die letzten Servietten auf den Tischen drapierten: Ein sehr »steiler Zahn« – brünettes langes Haar, groß, langbeinig, die dürren Knochen mit einem cremefarbenen Hauch von Nichts notdürftig verhüllt, schwebte hinter einem fetten, alten Sack die Stufen hoch. *Ah, die klassische Konstellation – Geldsack und Geldhure,* dachte ich wenig charmant bei mir, setzte aber gleichzeitig mein *Wir-sind-gerne-für-Sie-da*-Dauergrinsen auf. »Einen schönen guten Abend«, flötete ich den beiden entgegen und versuchte, das aufkeimende Aschenputtel-Gefühl, das mich beim Anblick solcher Superweiber immer überkam, zu ignorieren.

»Servus, I hob an Diesch reserviert«, teilte mir der Dicke in breitem Österreichisch lässig mit. Ich ging voraus zu einem der späteren Arthur-Tische und platzierte das Traumpaar am Fenster. Ich hatte starke Bedenken, dass der vorgesehene Platz für die Leibesfülle des Österreichers, die er auch noch mit einem farblich völlig indezenten violetten, hautengen Hemd betonte, ausreichen würde. Ich überließ die beiden den gestrengen Augen von Bernd und verdrückte mich wieder ins Erdgeschoss.

Dort hatte sich Tom bereits seine persönliche TV-Station in Form seines iPad aufgebaut, damit wir die Entwicklungen bei *Wetten, dass..?* später verfolgen konnten. Nach und nach trudelten die anderen Reservierungen ein und Bernd und ich arbeiteten mit Unterstützung von Anna, unserer charmanten

Aushilfe, alle Tische ab. Im Handumdrehen war es Viertel nach acht und die *Wetten, dass..?*-Show begann.

Die Anspannung im Lokal war förmlich greifbar. »Ich hoffe nur, dass die anderen Gäste rechtzeitig wieder verschwinden, bevor die kommen!« Tom tigerte nervös in seiner offenen Küche herum, den Blick immer wieder zu dem Geschehen auf der *Wetten, dass..?*-Couch herüberwandernd.

Gegen Viertel vor neun betrat unser Arthur die Bühne – einige Ausschnitte seines neuen Films gingen voraus. Der Moderator quälte ihn mit seinen gewollt witzigen Fragen, auf die Arthur hoch-professionell, smart und höflich antwortete. Er wettete darauf, dass sein Wett-Pate gewann und verlor die Wette prompt. Als Wetteinsatz musste er in Lederhosen mit einer oberfränkischen Blasmusik- und Schuhplattler-Truppe eine kleine Darbietung aufführen – etwas, was den Leuten richtig gut gefiel –, das Publikum johlte vor Begeisterung.

Die Spannung stieg, unser Telefon schrillte und Mayens Ansage kam im Kommandoton: »So, das war's jetzt gleich, wir holen ihn in zehn Minuten aus der Sendung, wir brauchen weitere zehn Minuten in die Stadt, haltet euch bereit, wir sind gleich unterwegs.«

Alle starrten wir den Telefonhörer an, der in dem Moment brüsk von Tom auf den Küchentresen geschmissen wurde. »Achtung, sie kommen, ist der Tisch vorbereitet, wir müssen alles fertigmachen!« Tom stand der Schweiß auf der Stirn.

Ich war starr vor Schreck und kreischte hysterisch: »Was? Die kommen schon? Es ist doch erst kurz nach neun! Ich dachte, vor zehn Uhr kommen die auf keinen Fall! Tisch 4 sitzt doch noch, wir können die Tafel für Arthur noch nicht stellen, dort sind noch Gäste!«

Toms Gesichtsfarbe wandelte sich ins Purpurne. »WAS? Wer sitzt da noch? Die Österreicher? Die müssen SOFORT weg! Schaff sie weg! SOFORT!«

Oh Gott, oh Gott, was mach ich bloß? Der Tisch nicht fertig, Gäste sogar noch auf Arthurs Platz, und die Truppe schon gleich unterwegs zu uns. Ich raste wie von der Tarantel gestochen in den ersten Stock, stob an den Tisch, wo mich der Österreicher und seine Süße erschrocken anstarrten.

Ich rang nach Luft und Worten: »Äh, ehm, es tut mir furchtbar leid, aber wir müssen Sie bitten, an einem Tisch im Erdgeschoss *(glücklicherweise waren die nicht mehr besetzt)* Platz zu nehmen. Als kleine Entschädigung laden wir Sie gerne auf ein Glas Champagner ein.«

»Was? Ja, was soll das denn?« Das dicke lila Hemd begann sich aufzupumpen. »Ich bin jetzt 56 Jahre alt und das ist mir ja noch nie passiert«, giftete er mich an. »Ich gehe immer noch dann, wenn es mir passt!«

Ja, sonst vielleicht schon, heute aber nicht. »Es tut mir, wie gesagt, sehr leid!« Ich versuchte, einige erklärende Worte anzubieten, obwohl dafür nun wirklich überhaupt gar keine Zeit war. In wenigen Minuten würde Arthur Miller auf der Matte stehen und wir hatten noch nicht mal seinen Tisch fertig.

»… aber wir bekommen noch Stargäste von *Wetten, dass..?*, für die brauchen wir leider den kompletten Bereich hier auf der rechten Seite …«

»Uuhhh«, machte die Grazie, »is e wirklich a Stargast von de Wette Dass? Diese komme hier? Is e aufräägänd …« Ihre Augen funkelten und sie malte sich wahrscheinlich schon ihr neues Wunschszenario aus, bei dem sie sich neben einem Hollywood-Beau am Pool in L.A. räkelte und den alten violetten Sack abgeschossen hatte. »Darf ma kennelerne da Star?«

»Ja, äh, nein, ich meine, der Gast wünscht hier in Ruhe zu speisen, er möchte wirklich nicht gestört werden.«

Der Schweiß rann mir schon in Strömen über Gesicht und Rücken. *Bitte jetzt keine Diskussionen mehr! Ich muss hier ein-*

decken, haut endlich ab! Im Geist brüllte ich sie schon an, in Wahrheit fehlte auch nicht mehr viel dazu.

Der Dicke hatte nun nicht mehr mich, sondern sein geschmeidiges Gegenüber, das offenbar irgendwo aus Russland oder Rumänien stammte, im Visier.

»So, das findest du natürlich toll, dass du hier so einen aufgepumpten Hollywood-Schönling life erlebst, an den du dich dann sofort ranschmeißen kannst.« Lila Hemd zischte bedrohlich. Kein Wiener Schmäh mehr, kein Ösi-Dialekt: Nicht nur sie, sondern auch er waren wohl alles andere, als das, was sie vorgaben zu sein. *MIR EGAL, HAUT EINFACH VON DEM TISCH AB!!*

In dem Moment fiel mein Blick aus dem Fenster und ich sah zeitgleich fünf Limousinen vor unserem kleinen Lokal anhalten. *SCHEISSE, sie kommen!!*

»Ok, gut, wenn Sie jetzt sofort vom Tisch verschwinden stelle ich Sie später vor, BITTE!« Ich war fix und fertig mit meinen Nerven.

»Aahh, is ä gute Idää«, gurrte die Grazie und erhob sich, ihn bereits komplett ignorierend. Er sprang hinter ihr her und plapperte ohne Unterlass auf sie ein.

Ich kommandierte Bernd und Anna mit einer energischen Kopfbewegung an den Tisch und hieß sie, den Tisch zusammenzustellen und wenigstens neue Tischdecken und Kerzen, wenn möglich noch Platzteller anzubringen.

Ich raste nach unten, wo es Tom bereits vor Spannung schier zerriss: Er stand am Eingang, trampelte von einem Fuß auf den anderen, den Blick wie gebannt auf mich gerichtet, die ich im Wirbelwind-Tempo die Treppe runterrannte.

»Ok, Tisch ist frei, minimales Eindecken findet gerade statt.« Ich starrte auf die Straße, wo sich nun wie auf Kommando die linken hinteren Seitentüren aller fünf Limousinen gleichzeitig öffneten. Heraus sprangen aus Wagen eins Mayen und sein Begleiter, Wagen zwei spuckte die Kraftpakete, also die Bodyguards, aus. Es folgten zwei Wagen mit weiblichem Inhalt: Limo drei war wohl mit Arthurs Frau besetzt, Wagen vier mit drei weiteren Ladys. Schließlich, in Wagen fünf, der Meister selbst: Arthur! Er sprang flink aus dem Auto und hopste in Windeseile unserer Eingangstür entgegen. Er war viel kleiner und noch dünner und schmächtiger, als es im Kino den Anschein hatte. Schwupps, schon stand er in unserer Tür, angeführt und verfolgt von dem Rest seiner Entourage. Wie Mayen uns geheißen hatte, begrüßte ich ihn mit den Worten »Katja Wembach, nice to meet you« enorm einfallsreich im Namen von Tom und mir im Lokal und war in dem Moment froh, dass ich erstens überhaupt irgendetwas rausbrachte und zweitens dankbar dafür, dass er mir ein freundliches Lächeln schenkte. *Vielleicht ist er ja doch einfach ganz nett*, hoffte ich.

Bernd und Anna hatten in vorbildlicher Weise die Mindestvorbereitung für den Promitisch getroffen, sodass alle wenigstens Platz nehmen konnten und sogar schon einige Gläser vor sich stehen hatten.

Ich überließ den beiden den Getränkeservice (wie besprochen) und wartete selbst darauf, dass die erlauchten Anwesenden nun einen Blick in die Menükarten taten.

Als ich das Gefühl hatte, man hätte sich einen Überblick über die Speisen gemacht, trat ich an den Tisch und erlaubte mir zu fragen, ob denn schon etwas ausgewählt worden sei. Arthurs Assistent, ein lässiger Bob-Marley-Typ, bedeutete den Damen, mit der Bestellung zu beginnen. »Okay, then I'll start«, sagte eine Lady mit überdimensionalen Zähnen und unglaublich großen Lippen, die gleich zu meiner Rechten saß.

»Listen«, begann sie ihre Rede, »can I have something very, very small, light and vegetarian.«

Ich fragte sicherheitshalber noch mal nach: »So you don't

want to have meat, right? And what about fish, do you like fish?«

Sie fixierte mich auf einmal, als würde aus ihrem gewaltigen Schmollmund gleich eine riesige Schlangenzunge hervorschnellen, die mich in ihren Schlund zog und auffraß.

»I said I'm vegetarian, of course I don't eat fish!« Sie schien es kaum zu fassen, dass ich das gefragt hatte.

»Eh, well«, wollte ich mich verteidigen, »sometimes we have guests who don't eat meat, but who do eat fish …«

»But they are pescatarian!« Ihre Stimme klang schrill und sie schüttelte mit einer Mischung aus Fassungslosigkeit und Geringschätzung den Kopf, fixierte mich dabei wieder mit ihrem Giftblick.

Na, das lief ja super. Bloß keine Diskussion an dem Tisch.

»Of course«, sagte ich beschwichtigend. »We could offer some tagliatelle with truffles …«, begann ich zuversichtlich.

Sie unterbrach mich mit einem noch erschütterteren Blick. »Pasta? No, no way, no carb! Too much calories!«

Yes, wie konnte ich nur.

»Don't you have any vegetables?« Sie verzog ihr Gesicht angewidert, als wäre es ja wohl das Letzte, was ihr hier widerfuhr.

»Of course, for example we have a nice potato cookie with fried vegetables …«

»Oh no, that's again too much carb! And fried always means fat, fat, fat!« Ich kam mir vor wie ein absolut hoffnungsloser Fall eines Schülers im Nachhilfeunterricht, der von seiner strengen und verzweifelnden Lehrerin getadelt wurde.

Gut, aber jetzt, jetzt kommt der Volltreffer für dich – ein Gericht ohne Fett, ohne Kohlenhydrate, ohne Kalorien, ohne Fleisch, ohne Fisch … also eigentlich ohne alles, dachte ich bei mir. Ich nahm einen neuen Anlauf: »How about a clear soup of tomatoes – normally it's served with a fried scallop inside, but of course you can also have it without scallop.«

Ihr Gesicht hellte sich auf und es erschien sogar ein kleines, hoffnungsvolles Lächeln auf ihren monströsen Lippen. »Oh, yeah, that's great, I'll have that.«

Na, das ging ja schnell, kaum zehn Minuten Diskussion und schon hatten wir das erste Gericht für die erste Person festgelegt … Nur gut, dass sie nicht noch mehr essen wollte. War die Entscheidung für die eine Suppe ja schon so zeitraubend gewesen.

Ich wandte mich zu den Ladys zwei und drei, die sich freundlicherweise dieser Wahnsinns-Bestellung anschlossen und ebenfalls eine klare Tomatenessenz ohne alles orderten. Dann kam Arthur an die Reihe.

Beherzt trat ich einen Schritt auf ihn zu und nahm mich selbst an die Kandare. Jetzt bloß nicht nachlassen!

Überraschenderweise gab er ganz einfach in einem sehr zuvorkommenden, sehr freundlichen Ton seine Bestellung auf. Er wählte einige der angebotenen Gerichte aus, und zwar genau so, wie sie auf der Karte standen, ohne Wenn und Aber oder versehen mit tausend Extrawünschen. Er hatte heute offenbar seinen vegan-freien Tag, denn er bestellte Thunfischtatar »Asian Style«, ebenfalls die Suppe (mit Jakobsmuschel) und dann noch etwas Ziegenkäse mit Brombeer-Konfit.

Seine Frau war noch netter und ich hätte sie wirklich küssen können als sie einfach nur sagte: »I'll have the same!«

So viel zum Thema Starallüren: Allüren haben viele, aber selten die richtig großen Stars.

Ich brachte die Bestellung in die Küche zu Tom, der bereits intensiv mit der Vorbereitung der Essen für die Bodyguards und Mayen & Co. zugange war, die im Erdgeschoss Platz genommen hatten.

In einem Höllentempo wurden die Gerichte für den Promitisch zubereitet und innerhalb von zehn Minuten serviert. Erfreulicherweise mundete sowohl das Thunfischtatar wie auch die klare Tomatenessenz. Die Ladys waren von der Suppe sogar restlos begeistert! (Meiner Meinung nach auch zu Recht, denn es ist wirklich ein Kunststück, einem Gericht ohne Zugabe weiterer Ingredienzien, nur durch den Vorgang der Zubereitung, einen so ausdrucksstarken Eigengeschmack zu verleihen und das Kernprodukt, in dem Fall die Tomate, so gekonnt und intensiv zur Geltung zu bringen. Die Tatsache, dass sie von der Suppe garantiert nicht zunahmen, sorgte sicher noch für zusätzliche Begeisterung.)

Arthur und seine Frau erwiesen sich als äußerst angenehme Gäste. Kein auffälliges Benehmen, keine Extrawünsche, keine Beschwerden. Alle bestellten Gerichte fanden ihre Zustimmung und wurden gelobt. Dennoch war ich mehr als froh, als die Truppe zum Aufbruch blies.

Da bislang alles gut gelaufen war, war Tom in blendender Stimmung und zerbrach sich gerade den Kopf darüber, ob er Arthur denn um ein Foto mit sich bitten durfte. Was auf gut Deutsch hieß, dass ich Arthur fragen musste, denn Tom sprach nur sehr wenig Englisch. Die Ladys, Arthur und seine Frau schwebten gerade schon die Treppe in Richtung Ausgang hinab, wo Tom, Bernd, Anna und ich uns bereits als Verabschiedungskommittee versammelt hatten.

Als Arthur mir die Hand hinstreckte (natürlich keinesfalls umgekehrt), fragte ich ihn schüchtern: »Would you mind taking a photo with my husband?« Ich deutete auf Tom. Arthurs Frau, die ihrem Mann folgte, rief entzückt aus: »Oh, he's your husband? How nice!«

Ich nutzte ihr Interesse, um ihr noch einige Infos zu unserem Lokal mitzugeben: »... historic building, dated from the 15th century ... and my husband is preparing everything by himself, à la minute, this is our concept, slow food with high quality requirements …« Sie wirkte wirklich interessiert.

Derweil sprang Arthur – ganz der Medienprofi – behänd für eine Aufnahme an Toms Seite. Im Anschluss redete Mrs Miller mit leiserem Ton auf Arthur ein, sodass ich nur Wortfetzen verstehen konnte, wie »… you know, he's doing everything by his own!« Arthur drehte sich daraufhin zu Tom und sagte: »Really great what you're doing here. I like your restaurant very much. Take care and all the best for your family and the restaurant!«

Tom konnte sich vor Begeisterung kaum noch im Zaum halten, grinste wie ein Honigkuchenpferd und bedankte sich artig bei Arthur für diese lobenden Worte.

Eine Minute später war der ganze Spuk vorbei: alle im Eiltempo raus, jeder lief zielstrebig zu seiner Limousine, Türenklappen, Motorengeräusch, Gas geben, verschwunden.

Gott sei Dank. Drei Kreuze, dass das rum ist und der Abend auch noch gut verlaufen war, wenn man von den Anfangsschwierigkeiten mal absah.

Tom stand in der Küche und war schon dabei, den Champagner zu öffnen. Er hielt den Fotoapparat mit seinem Foto mit Arthur wie den Heiligen Gral ehrfurchtsvoll nach oben.

»Das war super, ich bin total begeistert! So ein Weltstar und auch noch so nett! Und er fand mein Essen super.«

»Ja, das war insgesamt ein wichtiger Abend für das Lokal. Ich bin sehr froh, dass alles gut geklappt hat.« Erschöpft ließ ich mich an Tisch 23 auf die Bank fallen. »Was war jetzt eigentlich mit den Österreichern gewesen? Sind die dann noch geblieben?« Erst jetzt fielen mir das lilafarbene Hemd und seine Barbie wieder ein.

»Nein, er war total sauer – auf uns, auf seine Holde, auf alles – und hat sie dann unter ihrem lauten Protest nach draußen befördert. Das war zwar nicht ideal, aber ist mir heute echt wurscht.« Tom war happy und nichts konnte ihn so selig machen wie ein gelungener Abend in seinem Lokal. Das Lokal bedeutete alles für ihn und er tat alles für sein Lokal. Das hatte ich als Frau an seiner Seite schon lange verstanden und das musste man als Frau an seiner Seite auch bedingungslos hinnehmen können. Mehr noch, man musste das Lokal als Frau an seiner Seite selbst ebenfalls mit vollem Einsatz unterstützen. Sicher – das Private blieb da meist auf der Strecke und Zeit für uns als Paar gab es sowieso kaum. Aber ich hatte nun einmal vor zehn Jahren eine Entscheidung getroffen, für Tom, für das Lokal, und so war es eben.

»Mitgefangen, mitgehangen«, wie meine Schwiegermutter bei unserer Hochzeit süffisant bemerkt hatte und ehrlich gesagt kam ich mir nach zehn Jahren mehr denn je so vor: als wäre ich vom Lokal, der täglichen Routine und der körperlich anstrengenden Arbeit total gefangen – ohne Alternative, ohne Ausweg. Und das machte mir sehr zu schaffen. Bislang hatte ich mir kategorisch verboten, über Alternativen in irgendeine Richtung auch nur nachzudenken. Auf der anderen Seite spürte ich aber auch, dass ich irgendwo so langsam an meine Grenzen kam: mich immer zurückstellen zu müssen, nie meine eigenen Wünsche und Ziele verfolgen zu können, nie meine Vorstellungen von einem erfüllten Privatleben umsetzen zu können – um ehrlich zu sein wusste ich nicht, wie lange ich das alles so noch durchhalten konnte.

Aber die Frage war doch auch: Musste ich denn das alles alternativlos hinnehmen und immer so weitermachen? Ich fühlte mich zwar nicht wie ein freier Mensch, aber letztendlich war ich das doch: frei, mich zu entscheiden; frei, meiner Wege zu gehen.

Mit meinem Champagnerglas in der Hand sann ich müde und erschöpft an Tisch 23 über mein Leben nach. Anna riss mich mit einem hellen Quietschlaut aus meinen Gedanken.

Auch sie hatte noch ein Foto mit Arthur bekommen und grinste über das ganze Gesicht. »Das muss ich gleich meinem Freund schicken«, rief sie entzückt.

»Also, vielen Dank noch einmal, dass ihr das so toll gemacht habt!« Tom hob sein Glas in die Runde und strahlte. Alle waren froh und erleichtert und hofften wahrscheinlich – von Tom mal abgesehen –, dass der nächste Besuch eines Weltstars in unserem Lokal nicht so schnell anstehen würde.

Ich fuhr nach Hause und hing meinen trüben Gedanken nach. Ich war erschöpft. Ich hätte einfach schon immer besser auf meine Mutter hören sollen – Mütter haben letztlich sowieso immer recht. »Du musst ein bisschen raffinierter sein«, hatte sie mir schon im Teenageralter versucht beizubringen. Das bezog sich nicht nur, aber vor allem auf den Umgang mit Männern. Es empfehle sich, hier eher strategisch denn allzu offen vorzugehen. Geschickt und taktisch klug solle man sein, um das Interesse und die Verehrung für die Frau zu steigern und letztlich das männliche Opfer dazu zu bringen, genau das zu tun, was man selbst wollte. Leider war das nie mein Ding und ich war für derlei taktische Klimmzüge auch völlig unbegabt. Meine Welt war ehrlich, offen, direkt und idealistisch. Ich war der Typ romantische Märchenprinzessin, die immer noch an große Liebeswunder und den Traumprinzen glaubte. Dass man damit nicht weit kam, war mir mittlerweile schmerzlich bewusst geworden. Dennoch fragte ich mich immer noch, warum es denn so sein musste, dass Falschheit und Intrigen häufig belohnt wurden, während man mit Offenheit und Ehrlichkeit eher selten ans Ziel gelangte.

Da es müßig war, sich solchen Gedanken hinzugeben, verbannte ich sie mit dem Zuschlagen der Haustür, für heute jedenfalls, aus meinem Kopf, stieg in die Dusche und danach ins Bett.

6

Montag, 22. Dezember. Heute war »Roby-Tag«. Trotz standhafter Weigerungen und andauernder Versuche meinerseits, mich der heute Abend in München stattfindenden Darbietungen des Roby Nestor zu entziehen, saß ich gegen 17 Uhr im Auto, auf dem Weg in die bayerische Landeshauptstadt. Meine Laune war unterirdisch, denn ich fand es absolut inakzeptabel, wie Tom sich in dieser Angelegenheit benommen hatte und weiterhin benahm. Er hatte diese Veranstaltung zur existenziellen Beziehungsfrage hochstilisiert, wo es ja weiß Gott wichtigere Fixpunkte in unserer Ehe geben sollte als die launigen Vorträge eines auch noch optisch unscheinbaren Mundart-Kabarettisten. Tom wusste genau, dass ich nicht nach München fahren wollte, war aber ums Verrecken (wie der Bayer gern sagt) nicht bereit gewesen, das zu akzeptieren. Er war in den vergangenen Tagen nicht müde geworden, mir zum Thema Roby enervierende Vorträge zu halten: »Der Roby hat Ehrenplätze für uns reserviert, in der ersten Reihe, vielleicht sogar auf der Bühne *(letzteres glaubte er doch selbst nicht)*. Da kannst du nicht nicht mitfahren. Das wäre total unhöflich und zudem extrem peinlich, wenn dein Platz leer bliebe. Außerdem nimmt er sich sicher nach der Aufführung noch Zeit für uns. (*Er dachte anscheinend, wir wären die einzigen Gäste heute Abend. Wahrscheinlich konnte er von Glück reden, wenn der erlauchte Künstler im Laufe des Abends mal Hallo zu ihm sagen würde.*) Wenn du da nicht mitfährst, bin ich echt richtig sauer. Einmal, wenn mir was wichtig ist! Aber das ist dir natürlich egal« … *blablabla*.

Auf der Hinfahrt befand Tom sich bereits in gespannter Vorfreude auf den Abend. Ich hatte irgendwann nachgegeben, so wie ich eigentlich meistens nachgab. Dies tat ich allerdings (auch wie meistens) nicht aus Überzeugung, sondern aus pragmatischem Eigennutz. Ich hatte wirklich keine Lust, mich wochenlang über dieses Thema unterhalten oder gar streiten zu müssen, ich wollte meine Ruhe. Wenn ich dafür also einen Abend in München verbringen musste, was soll's, war mir dann auch recht.

»Gibt es da wenigstens was Gescheites zu essen?«, erkundigte ich mich gelangweilt, da ich beim Blick aus dem Autofenster rechter Hand die Raststätte *Greding* vorbeifliegen sah und merkte, dass ich Hunger hatte.

»Ja, da gibt's bestimmt ein paar Kleinigkeiten, halt eher so Vesper oder Snacks, vielleicht gibt's auch Chili oder Pasta oder so was.«

Aha. Kulinarik stand heute also eindeutig nicht im Vordergrund. Tom schien das ausnahmsweise bei dieser Gelegenheit auch gar nicht zu interessieren. Er, der er sonst nur in Lokalitäten speiste, wo er den Chefkoch persönlich kannte oder dieser einen einwandfreien Leumund in einschlägigen Magazinen genoss.

»Und was gibt's da zu trinken?«, fragte ich weiter.

»Na ja, mehr so Radler und Schorle und Bier und so. Kann ja auch mal ganz erfrischend sein«, druckste er beschönigend herum.

Ein Abend also ganz nach meinem Geschmack ... Noch ahnte ich ja nicht, was dieser Abend für weitreichende Konsequenzen haben sollte.

Wir kamen also gegen sechs im *Lichtspielhaus* in München an. Die Veranstaltung begann zwar erst um 20 Uhr, aber Tom wollte unbedingt schon zwei Stunden früher dort rumsitzen – man könne ja vorab noch etwas essen und sich ein bisschen umschauen, vielleicht käme der Roby ja auch vor der Show schon mal vorbei ...

Wir fragten die Dame am Einlass nach unseren Plätzen

und sie führte uns zu einem runden Tisch, der wandseitig von einer rundlichen Sitzbank umgeben war. Auf der anderen Seite des Tisches standen noch drei Stühle als weitere Sitzgelegenheiten im Halbkreis. Mit etwa zehn dieser Rundtische war der ganze Veranstaltungsraum jeweils rechts und links gesäumt, dazwischen zig kleine Bistrotische, ebenfalls rund, mit jeweils fünf bis sechs Stühlen daran. Der Raum fasste insgesamt mindestens 800 Menschen und es war vor allem Eines: sehr eng.

Die Stühle an unserem Tisch waren bereits belegt und auf der Bank saßen im Halbkreis ebenfalls schon drei Leute. Ich warf unserer Platzanweiserin einen fragenden Blick zu – für mein Empfinden war der Tisch bereits mehr als voll besetzt.

»Do, bittschee«, sie zeigte auf die Bank. »Mochn S' Eana bequem, is ja allweil no aweng Zeit.« Ein kuscheliges Plätzchen – und ich ging ja sowieso so gerne auf Tuchfühlung mit wildfremden Menschen. Das war auf jeden Fall kein Platz in der ersten Reihe, schon gar nicht auf der Bühne, und selbst wenn Roby uns Hallo sagen wollte, würde er wahrscheinlich durch dieses Gewusel hier weder durchkommen noch uns darin finden.

Mit Letzterem lag ich falsch, denn als wir immer noch etwas unschlüssig im Gang standen und darüber nachdachten, wie wir uns platzieren sollten, sah ich Tom an mir vorbei jemanden anlächeln. Gleichzeitig fühlte ich eine fremde Hand auf meinem Rücken. Der Roby. Ich drehte mich um, quasi direkt in seinen Arm hinein, den er ausgestreckt ließ und sich auf diese Art eine lockere Umarmung ergab (Ich kannte ihn ja eigentlich nicht, aber es war natürlich eine Ehre vom Künstler umarmt zu werden). Intuitiv umarmte ich ihn ebenfalls, als wäre es ein alter Bekannter, den ich begrüßte. »Schön, dass du da bist«, brabbelte ich etwas verlegen in die Umarmung hinein *(So ein Quatsch, als ob ich hier die Einladende und er mein Gast wäre, völlig unpassende Bemerkung …).*

Ich war gleichzeitig verwirrt und leicht peinlich berührt, denn ich hatte in dieser Umarmung etwas wahrgenommen, was mich irritierte und mit offenen Fragen zurückließ. Noch nie hatte ich bei einem kurzen Umarmen – noch dazu mit einem völlig Fremden – so eine Wärme und Nähe empfunden. Wie konnte das sein? Was war das und was bedeutete es? Nach einem kurzen Wortwechsel (Wie geht es, alles prima, bis später, muss noch vorbereiten) stapfte der Künstler zielstrebig in Richtung Bühne davon, gefolgt von seinem Manager und dem Tontechniker, die uns kurz zunickten.

»Also, dann lass uns doch erst mal was essen«, Tom war begeistert, zumal der Künstler uns sogar schon begrüßt hatte. Ich für meinen Teil versuchte, die irritierenden Gedanken abzuschütteln, wie unser Hund Cliffi früher die Wassertropfen nach einem ausgiebigen Bad im Fluss. Ich nahm die Speisekarte, entschied mich für Salat mit Mozzarella und Kirschtomaten *(da konnte man ja wohl nichts falsch machen)* und wir bestellten eine Flasche Lugana zu trinken *(Yippieh, es gab also auch Wein, nicht nur Bier!).*

Nach meinem ersten Zusammentreffen mit dem Künstler war ich etwas kleinlaut geworden und enthielt mich jeglicher weiterer Nörgeleien. Ich aß brav meinen Salat (*Ja, schmeckt sehr gut, danke*) und war dankbar für das Glaserl Wein. Ich äußerte mich auch nicht mehr zu der beengten Platzsituation, sondern suchte mir in dem Rondell eine kleine Nische, von der aus ich einen ganz guten Blick nach schräg rechts vorne auf die Bühne hatte.

Pünktlich um 20 Uhr begann die Show. Zuerst kam Roby allein auf die Bühne und lockerte die Stimmung mit einigen Anekdoten auf *(Ich fiel zwar nicht vor Lachen vom Stuhl, aber es war ganz unterhaltsam).* Dann begann er zusammen mit seiner Gitarre mit seinem Musikprogramm.

Wow.

Das hatte ich nicht erwartet. Was wir zu hören bekamen war eine ganz sanfte, chillige Gitarrenmusik, die an laue Inselnächte und warme Sandstrände erinnerte. Aber es war nicht nur so, dass diese Klänge einen an traumhafte Karibiknächte, Hippie-Entspanntheit und Sommer-Feeling denken ließen, sie ließen einen all das wirklich fühlen. Mit jeder Faser des Körpers tauchte man in eine Welt aus Wärme, Sanftheit, Gelassenheit und Harmonie ein. Gebannt hörte ich zu. Nach den ersten zwei Stücken kam noch ein Saxofonist auf die Bühne, dann noch drei weitere Musiker. Ich vergaß die Welt um mich herum und war gebannt von den wunderbaren Melodien. Diese Musik war so einfühlsam, so schön, dass man für immer in ihr schwelgen und niemals wieder in die Realität zurückkehren wollte. Sie brachte nicht nur Unterhaltung und Frohsinn, sondern bot weit mehr: Glück, Zufriedenheit, Ruhe und Zuflucht.

Ich war völlig geflasht. Was war das für ein Mensch, der diese Musik als Komponist hervorbrachte? Und wer war überhaupt der Komponist? Konnte es sein, dass diese Stücke alle von Roby selbst geschrieben worden waren?

Als die Pause der Vorstellung anbrach und die Lichter im Saal hell erleuchtet wurden, sprang Tom sofort auf und meinte: »Ich geh mal nach vorne und hol mir ein paar CDs.«

Ich erwiderte nichts, sondern blieb wie festgeklebt in meiner Rondell-Nische sitzen. Gepackt von Robys Darbietungen starrte ich auf die Bühne, wo die Musiker (alle außer Roby) Mikrofone und Instrumente neu anordneten. Ich fragte mich die ganze Zeit, ob die Musik wirklich aus Robys Feder stammte. Ich hatte ja partout nicht herkommen wollen und dass mich ein kurzes, eigentlich völlig unverbindliches Zusammentreffen mit diesem Typen und vor allem mit seiner Musik so einnahm, damit war ich total überfordert. Vor lauter Irritation konnte ich schon gar keinen klaren Gedanken mehr fassen. *Was war denn jetzt los?*

Tom war voll in seinem Element. Ganz aufgeregt kam er mit seinen neuen CDs zurück an den Tisch und strahlte freudig wie ein Erstklässler mit seiner Schultüte bei der Einschulung.

»Wie gefällt's dir denn jetzt?«, erkundigte er sich begeistert. »Also ich find's super!«, nahm er mir die Antwort gleich vorweg. »Und ich find's echt klasse, dass der Roby sogar vor seiner Show schon vorbeigekommen ist und Hallo gesagt hat. Das hätt ich gar nicht gedacht.« Er grinste verschmitzt. »Ich bin echt froh, dass wir hergefahren sind.«

Na ja, einige Zeit später würde er dann nicht mehr so froh drüber sein, aber wer konnte schon vorausahnen, wie die Dinge sich entwickeln würden?

Nach weiteren eineinhalb Stunden Konzert endete die Show mit einem fulminanten Musikspektakel eines ganzen Orchesters. Was behutsam begonnen hatte, wurde gleichsam zum musikalischen Orkan – wild, ungezähmt und packend. Nach tobendem Beifall und einigen Zugaben traten wir schließlich den Heimweg an, ohne Roby nochmals getroffen zu haben.

23.30 Uhr, Heimfahrt. Die Erlebnisse des Abends hatten mich völlig aufgewühlt. Ich saß auf dem Beifahrersitz und redete kein Wort. Ich war versunken in meine Gedanken und versuchte das, was ich am Abend erlebt hatte, irgendwie zu greifen und einzuordnen. Das Zusammentreffen mit Roby und seiner Musik hatte Empfindungen in mir wachgerufen, die ich noch nie gespürt hatte – und wenn schon jemals, dann vor sehr langer Zeit. Es war, als hätte jemand einen großen Vorhang ein kleines Stück beiseitegeschoben, sodass ich aus meiner mich starr umklammernden, alltäglichen Wirklichkeit durch diesen Spalt einen Blick in eine Lebenswelt erheischen konnte, die ganz anders war, als ich sie kannte. Eine Welt, in der es viel mehr gab, als »ich muss« oder »ich kann doch nicht«. Viel mehr, als sich tagtäglich abzuschuften und sich krummzuarbeiten, um irgendwie finanziell zurechtzukommen und sein Leben mühsam zu meistern. Eine Welt, in der nicht der Zweck und das Ergebnis, sondern das Sein und das Tun wichtig waren. Wo es Gefühle gab, die mich überwältigten und aus meiner Bahn warfen: innige Zuneigung, Wärme, Hingabe. Eine Welt, in der man das tun konnte, was man liebte und wofür man brannte, und nicht nur das, was man musste oder glaubte zu müssen. Es beschlich mich der Gedanke, dass man tatsächlich auch ein Leben leben konnte, das nicht vorwiegend aus Zwang und Pflicht bestand.

Die Betrachtung meines eigenen Lebens vor dem Hintergrund dieser neuen Erfahrungen und Gedanken war ernüchternd. Es war, als würde mich die Erkenntnis über mein eigenes Leben wie ein Faustschlag ins Gesicht treffen. Im Prinzip hatte ich schon lange aufgegeben und mich mit den Dingen, wie sie sich eben ergeben hatten, abgefunden. Frühere Träume und Wünsche waren verschüttet worden von »vernünftigen« Entscheidungen. Wo einen einstmals Begeisterung und Antrieb zu mutigen Taten und neuen Wegen hätten führen können, lag heute nur noch eine Ruine aus nicht genutzten Begabungen und vor Langem eingekehrter Resignation. Ich hatte mich in meinem Leben immer gefügt, anstelle die Weichen selbst zu stellen. Und erst heute Abend wurde mir das in dieser Deutlichkeit bewusst.

Aber auch in Bezug auf meine Partnerschaft wurde mir vor dem Hintergrund der Eindrücke jenes Abends bewusst, was ich alles vermisste: Tom und ich lebten nebeneinander her, taten alles, damit das Lokal einigermaßen gut lief, aber uns selbst als Personen oder Teile einer Beziehung nahmen wir schon lange nicht mehr wahr. Emotionale Nähe oder Leidenschaft gab es kaum. Und auch wenn es sie je gegeben hatte, dann in einer Form, die es an sehnsuchtsvoller Tiefe und Begehrlichkeit immer schon hatte vermissen lassen.

Diese Diskrepanz wahrzunehmen zwischen dem, wie ich tatsächlich lebte, und dem, was ich an diesem Abend in Ansätzen an Emotionen wahrgenommen hatte, deprimierte mich zutiefst. Ich wusste, dass Tom ein sehr guter, liebevoller und fürsorglicher Ehemann war – von seinen Wutausbrüchen und seinem Starrsinn mal abgesehen – aber in wirklich tiefgründige emotionale Weiten waren wir nie vorgedrungen. Mittlerweile waren wir zu zwei Personen geworden, die die meiste Zeit arbeiteten und das, was sie taten, schon lange nicht mehr hinterfragten.

Die ungeschönte Klarheit und schonungslose Selbsterkenntnis, mit der ich meine Lebenssituation plötzlich sah, verursachte mir zunächst großes Unwohlsein und Bedrücktheit. Würde ich für den Rest meines Lebens immer klein beigeben und mich fügen? Würde ich weiterhin resignieren und alles hinnehmen, wie es eben war? Oder würde ich neue Kraft schöpfen und mich befreien können?

Und dann entschied ich: Nein, ich würde mich nicht mehr einfach immer nur fügen. Ich würde nicht mehr, »weil ich muss«, von früh bis spät schuften. Andere Menschen lebten doch auch anders – leichter, unverkrampfter, mit weniger Existenzängsten. Gut, sicher muss ich zugeben, dass ich noch nie der Typ »Lebenskünstler« war, der sich über nichts Kopfzerbrechen machte und sich schon irgendwie durchwurschtelte. Gerade deshalb hatte ich ja geglaubt, stets auf Nummer sicher gehen zu müssen. Und was ist sicherer als harte Arbeit?

An diesem Abend aber begann ein Feuer in mir zu lodern, das mich dazu brachte, alles infrage zu stellen und alles ändern zu wollen. Ich wusste, ich wollte und konnte so nicht mehr weitermachen. Auch wenn ich zunächst weiterhin versuchte, mich selbst zu beschwichtigen und mich wieder in meinen normalen Alltag einzufinden, ich musste endlich aufhören, mir selbst etwas vorzumachen und mich ständig zu zwingen. Ich wollte endlich so leben, wie ich war und wie ich sein wollte. Und ich wollte in meinem Leben meinen Empfindungen folgen – solchen, wie sie an jenem Abend aufgekeimt waren. Ich wollte das tun, was ich wirklich wollte und was mir wirklich sinnvoll schien. Nicht mehr das, was ich musste oder was irgendjemand anderes von mir erwartete.

Und ich wollte die Art Beziehung leben, die mich spüren ließ, was ich im Ansatz in dieser winzigen Begegnung mit Roby Nestor am Abend gespürt hatte. Wärme, Anziehung und Begehren. Es war Zeit, sich freizumachen und sich zu erlauben, sich selbst und sein eigenes Leben zu erleben.

7

Das Weihnachtsfest kam und die Stimmung war schlecht. Vordergründig versuchte ich, meine Rolle – im Lokal und bei Tom – zu spielen, aber in Wahrheit waren meine Gedanken ständig woanders: Bei einem Mann (Roby), den ich eigentlich gar nicht kannte. Bei der Musik (von Roby), die so viel mehr bedeutete als nur Melodie. Bei meinen Bedürfnissen (gegenüber Roby?), die ich versuchte, für mich zu verstehen. Ein Umbruch hatte begonnen, von dem mir selbst aber noch nicht klar war, wohin er mich führen würde.

Dann schließlich, am 27. Dezember, schneite eine überraschende Einladung ins Haus. Von Roby. Er schrieb in einer kurzen E-Mail an Tom (und auch mich!), dass er am 11. Januar, einem Samstag, ein Jahresauftakt-Konzert in Bamberg geben würde und ob wir nicht kommen wollten. Ich war wie elektrisiert. Nichts würde ich lieber tun, als meiner neu entbrannten Sehnsucht zu folgen und ihn und seine Musik wieder zu erleben.

»Mist«, fluchte Tom vor sich hin, »das ist am Wochenende, da hab ich schon Reservierungen. Der Graf Bendell kommt mit zehn Personen, da kann ich unmöglich zumachen.« Die Enttäuschung stand ihm tief ins Gesicht geschrieben.

»Könnte ich vielleicht trotzdem hingehen, wenn an dem Abend Lena und Anna arbeiten würden?« Ich machte einen zaghaften Vorstoß und bemühte mich, dabei in keinster Weise verdächtig zu wirken.

»Du meinst, du willst dann alleine hingehen? Ich dachte, du findest Roby Nestor gar nicht so toll.« Tom guckte mich fragend an.

»Na ja, das Konzert in München hat mir schon sehr gut gefallen und ich würde mir das eigentlich ganz gerne anhören. Natürlich nur, wenn es für dich beziehungsweise im Lokal okay ist.«

»Dann frag halt die beiden Mädels mal, ob sie Zeit haben, am Elften zu arbeiten«, ging er auf meinen Wunsch ein. »Wie wolltest du dann hin- und herfahren? Du fährst doch nicht gerne Autobahn, wenn es dunkel ist.«

»Hm, ich müsst halt mal schau'n. Vielleicht würde ich mir dann auch gleich ein kleines Zimmer im Hotel nehmen und am nächsten Tag früh zurückfahren. Das wär mir dann eigentlich lieber.«

»Ah so. Nun, wenn du meinst.« Tom war erstaunt und wusste nicht so recht, was das zu bedeuten hatte. Normalerweise musste er mich an den Haaren zu solchen Events schleifen und danach konnte ich sonst nicht schnell genug die Kurve kriegen. Sicher fragte er sich, was diese Anwandlung zu bedeuten hatte, sagte aber nichts weiter.

Und ich war im Fieber. Die Aussicht auf einen Abend mit diesem Künstler, dieser Musik, diesem Umfeld, versetzte mich in Hochspannung und Vorfreude. Irgendwie betrachtete ich das alles als eine Art Sprungbrett in ein neues Leben. Ich konnte überhaupt nicht mehr ruhig sitzen, machte mir die ganze Zeit Gedanken, wie ich Roby begegnen würde, was er sagen würde, was ich sagen würde, wie die Musik wäre, ob die Stimmung und die Atmosphäre mich wieder so ergreifen würden und so weiter und so fort. Dies alles begleitet von eher praktischen Fragen wie: Was ziehe ich an? Wann gehe ich noch mal zum Frisör? Wo soll ich übernachten beziehungsweise welches Hotel ist in unmittelbarer Nähe des Veranstaltungsortes? Meine Gedanken fixierten sich nur noch auf den 11. Januar, als wäre das ein weltveränderndes Ereignis. (*Und zumindest mein Leben sollte es tatsächlich komplett verändern.*) Was im Lokal passierte, wie Tom gelaunt war oder wie die Kellner arbeiteten – das alles nahm ich nur noch am Rande wahr. Ich würde Roby treffen und einen Abend mit ihm erleben. Das war alles, was mich gerade interessierte.

Der 11. Januar war ein eiskalter Tag mit strahlendem Sonnenschein. Ich ließ die Stadt gegen 14 Uhr hinter mir und fuhr geradewegs zu dem Event. Auf der einen Seite war ich gespannt und freudig erregt, auf der anderen Seite ängstlich und von schlechtem Gewissen geplagt: allein wegen meiner neuen Gedankenwelt, in der ich mich versuchte seit Ende Dezember zurechtzufinden, hatte ich Tom gegenüber oft starke Gewissensbisse. Aber dass ich ihn und das Lokal nun an einem Samstag, an dem im Restaurant Hochbetrieb herrschte, alleinließ, erstaunte mich selbst. War das nun gut oder schlecht? Ich wusste es nicht. Ich hatte die letzten Tage und Wochen zwar viel gegrübelt, dabei in meinem Inneren aber offenbar so viel Staub aufgewirbelt, dass die Orientierungslosigkeit zunächst immer größer geworden war. Blieb nur zu hoffen, dass sich die Luft irgendwann klären würde und ich dann wusste, wie ich mein Leben weiter gestalten sollte.

Schon um halb vier kam ich in meinem kleinen Hotel in Bamberg an und wusste dort mit der für heute gewonnenen Freiheit erst mal gar nicht so viel anzufangen. Sollte ich noch ein wenig in die Stadt gehen? Oder in den Wellnessbereich? Oder mich einfach hier auf dem Zimmer in Ruhe fertigmachen? Hm, Klarheit in dem, was man will und tut, sah jedenfalls anders aus. Egal. Schluss mit Grübeln für heute, jetzt wollte ich mir einen super Tag machen.

Ich ging also in die Stadt und mit jedem Schritt fühlte ich mich leichter. Ich schwebte geradezu durch die Fußgängerzone und war wie im Rausch – allein deshalb, weil ich es geschafft hatte, mich für heute meinem Alltagseinerlei zu entziehen und nun etwas ganz Neues erleben konnte. Ich kaufte mir für den Abend noch einen richtig heißen Fummel – natürlich schwarz, schlicht, eng anliegend – und ein paar hochhackige Pumps. Kritisch betrachtet musste man sagen: wenn man damit umknickte, war der Bänderriss vorprogrammiert. Aber das waren Gedanken aus meinem alten Leben. In meinem neuen Leben wollte ich anders sein: nicht mehr pessimistisch, sondern zuversichtlich. Weniger verschlossen und zurückgezogen, sondern offener und freundlicher auf Menschen zugehend. Ich durfte mich nicht mehr von meinen Zwängen jagen und gleichzeitig lähmen lassen, sondern wollte selbst initiativ sein und bestimmen, was ich tat und was nicht.

Voller Inspiration und Mut trat ich also meinen Weg in die Konzerthalle an – ganz allein, was mir dann doch ein etwas mulmiges Gefühl bescherte. Was, wenn Roby mich gar nicht wiedererkannte oder begrüßte? Tom hatte ihm zwar geschrieben, dass ich kommen würde, aber wer weiß, ob das den Künstler überhaupt interessierte? Es waren nur wenige Minuten Weg vom Hotel bis zum Ort des Geschehens, also stakste ich mit meinen halsbrecherisch gefährlichen High Heels über einen Kiesweg durch einen kleinen, malerisch angelegten Park, der das Hotelgelände von der Konzerthalle trennte. Ich atmete tief durch, bevor ich forsch an die Frau an der Kasse herantrat und mein gewohnt-professionelles Grinsen aufsetzte: »Hallo, Katja Wembach, ich stehe auf der Gästeliste.« Hoffentlich tat ich das auch wirklich und musste jetzt nicht kleinlaut wieder abtreten.

»Wembach, Wembach«, murmelte die junge Frau an ihrem Lippenpiercing vorbei. »Ah ja, hier ist es. Du sitzt ganz vorne bei dem Manager vom Roby. Der Roby selber kommt aber erst ganz kurz vor der Show, der war im Stau festgesteckt. Die hatten gestern erst einen Auftritt in Linz und sind sehr spät losgekommen heut.«

Okay, danke. Ich ging also hinein, trippelte zu dem mir

zugedachten Platz (Reihe 3, ganz links außen, sehr schön) und guckte mich erst einmal etwas um. Die meisten Plätze waren noch leer, aber auf der Bühne herrschte bereits rege Betriebsamkeit.

Angelo, Robys Manager, rauschte geschäftig an mir vorbei: »Ah, Servus, schön, dass du's geschafft hast. Ist dein Mann auch da?«

»Nein, der muss leider arbeiten. Aber ich hab mir mal freigenommen.«

»Da hast du recht. Also dann viel Spaß, im Moment ist noch ein rechter Stress, aber nach dem Konzert ist dann alles wieder entspannt, dann trinken wir erst mal was.«

»Ja gern«, rief ich ihm hinterher, als er im Laufschritt weiter Richtung Bühne wetzte.

Am besten, ich holte mir erst einmal was zu trinken, bevor die Show begann. *Wer weiß, wie der Abend wird,* dachte ich bei mir.

Ich merkte, dass ich in einer »gefährlichen« Verfassung war, die ich schon aus Teenager-Tagen kannte, die aber mit meinem Erwachsenen-Dasein eigentlich kaum vereinbar war: Ich war gespannt, angespannt und intuitiv vorbereitet darauf Dinge zu tun, die unvernünftig waren. Zum ersten Mal hatte ich dieses Gefühl gehabt, als ich im Alter von 16 Jahren mit meinen Eltern an der italienischen Adria im Urlaub war und mit einem Italiener meine erste Affäre hatte. Ich war ohne zu zögern mit ihm ins Bett gegangen, wollte »es« erleben und endlich soweit sein. Und es war ehrlich gesagt eines der besten Erlebnisse meines Lebens. Er hieß Diego und es war ein klassischer Urlaubsflirt. Diego kümmerte sich in seinen Semesterferien damals um eine kleine Strandbar an dem Hotel, in dem wir uns eingemietet hatten. Ich war jeden Tag da und er fing an, mit mir zu flirten. Ich war total begeistert und das Gefühl, begehrt zu werden, gefiel mir sehr. Er fragte mich, ob ich mit ihm ausgehen wollte. Die Flirtroutine der italienischen Ragazzi hatte mich damals schon schwer beeindruckt. Sie fragten, ob man mit ihnen ausgehen wollte und sagten gleichzeitig dazu: »Se vuoi, va bene, ma se non vuoi, va bene lo stesso. Niente problema.« Wenn man also mit ihnen ausging, war es gut, aber wenn man nicht wollte, war es eben auch ok. Super, so schwierige Dinge wie Liebe und Sex so einfach zu handhaben. Jedenfalls ging ich mit Diego aus. Einer seiner Freunde hatte praktischerweise ein Hotel und wir bekamen dort ein Zimmer für unser heißes Date. Diego war wirklich klasse, ein super Liebhaber: einfühlsam und zärtlich, zuerst alles ganz langsam, aber dann massiv. Und er war immer darauf bedacht, einem ein gutes Gefühl zu geben.

Ungefähr so wie in dieser pubertären Phase meines Lebens fühlte ich mich jetzt auch. Nur mit dem Unterschied, dass ich 30 Jahre älter und verheiratet war und bestimmte Spontanitäten nicht mehr so gut ankamen, wenn man nicht mehr die dazu passende Naivität und Unbedarftheit besaß. Aber das war mir jetzt egal, ich wollte heute etwas erleben, und das tat ich dann auch. Ich hatte zwar nicht damit gerechnet, dass alles so weit gehen würde, aber ich ließ an diesem Abend alles einfach so laufen, wie es sich ergab. Und der Abend war wirklich fantastisch. Das Konzert war traumhaft schön. Die Künstler gaben alles, das Publikum tobte.

Nach der Show, als sich die Menschen langsam Richtung Ausgang bewegten, winkte mir Angelo von der Bühne aus zu und bedeutete mir, dass ich zu ihm kommen sollte. Ich war natürlich super-stolz, dass ich nach oben auf die Bühne gewinkt wurde und hoffte, ganz Bamberg würde diesen Moment mitbekommen. Und dann stand er mir gegenüber und ich hatte sofort das gleiche wohlig-warme Gefühl, das ich auch schon im Dezember erlebt hatte. Ganz klar, da war etwas zwischen uns.

»Hi Katja«, begrüßte mich Roby mit seiner sanften, weichen Stimme. »Ich freu mich, dass du da bist.« Puuh, mir wurde heiß – die Luft war wie elektrisiert, aufgeladen von einer ungeahnten Anziehungskraft, die unsere zwei Körper offenbar füreinander besaßen.

»Ich würde gerne noch was mit dir trinken, wenn du Lust hast. Darf ich dich einladen?« Roby fixierte mich mit seinen meerblauen Augen. Ja, er durfte. Ich folgte ihm ehrlich gesagt ohne weitere Umschweife in sein Hotelzimmer und kam mir dabei vor wie ein Groupie im Teenageralter. Auf der anderen Seite fühlte ich mich aber auch verrucht, sexy und – um es ohne Umschweife zu sagen – echt geil. Und obwohl ich irgendwie darauf vorbereitet gewesen war, dass Roby und ich uns näherkommen würden, überraschte es mich dann doch, dass es direkt zur Sache ging. Nachdem wir ein bisschen getrunken, uns geneckt und geküsst hatten, drückte er mich auf das Bett und ließ seinen Körper auf meinen sinken. Er presste sich an mich, sodass ich jede Faser seines Körpers spüren konnte. Er öffnete den Reißverschluss an meinem Kleid, und mit einem Mal lag ich splitternackt vor ihm (ich hatte an dem Abend nicht mal einen String angezogen, ganz entgegen meiner sonstigen Gewohnheiten). Er war erregt, riss sich aber zusammen und zog sich ohne Eile Hemd, Hose und Slip aus. Ganz langsam kroch er zwischen meine gespreizten Beine und drang ganz sanft nur ein winziges Stück in mich ein um sich nach einem kurzen, wunderbaren Moment des Verlangens und Begehrens wieder zu entziehen. Er hielt kurz inne, bevor er mich noch mal ganz sanft, nur ein kleines Stück penetrierte, innehielt, und wieder verließ. Und noch einmal. Und noch einmal. Immer wieder. Ich wurde schier verrückt vor Wollust. Ich wollte mit jeder Faser meines Körpers fühlen, nur noch fühlen, sonst gar nichts mehr. Und wieder und wieder reizte er mich. Ich spreizte die Beine, soweit ich konnte, schob mein Becken nach vorne, ihm entgegen, dass er endlich ganz und tief und weit in mich eindringen sollte. Ich konnte die Lust kaum mehr zügeln, mich kaum bremsen. Ich versuchte, ruhig zu atmen, mich zu konzentrieren und noch nicht loszulassen. Zu sehr wollte ich ihn weiter in seinem Spiel mit mir erleben. Und dann war es endlich soweit, mit einem tiefen Stöhnen ließ er sich ganz in mich gleiten und drückte sich gegen mein Innerstes. Ich wimmerte vor Begierde und Lust, wollte kreischen und stöhnen zugleich. Ich wand mich und stieß mich an ihm, bis ich den Höhepunkt zuließ. Mir war schwarz vor Augen, mein Kopf und meine Gedanken waren völlig losgelöst. Nur langsam kehrte ich wieder in die Realität des Hotelzimmers zurück. Erschöpft und zufrieden schlief ich ein.

8

Sonntagfrüh, neun Uhr. Ich war auf der Rückfahrt von Bamberg. Roby hatte bereits um sieben Uhr das Hotel verlassen müssen und war nach Regensburg aufgebrochen, wo er am gleichen Tag sein nächstes Konzert hatte. Es war überhaupt keine Zeit gewesen, auch nur wenige private Worte zu wechseln, denn Angelo stand um Punkt halb sieben in Robys Hotelzimmer, um ihn abzuholen. Ich war rasch ins Badezimmer geflüchtet, um ihm nicht zu begegnen – das wäre mir (der »alten« Katja) ja doch sehr peinlich gewesen. Die »neue« Katja hingegen wäre stolz darauf gewesen, dass so ein begehrter Typ sich an sie rangemacht und vernascht hatte. Die Frage war nun, wer sich durchsetzen würde: die »alte« oder die »neue« Katja? Die »alte« Katja hätte ein unendlich schlechtes Gewissen, denn sie hatte ohne zu zögern ihren Mann mit einem »Rockstar« (oder so was Ähnlichem) schamlos betrogen und war mit wehenden Fahnen mit ihm ins Bett gestiegen. Die Tatsache, dass der Mann dann in aller Frühe ohne Liebesschwüre und Wiedersehens-Beteuerungen einfach abgedampft war, würde sie sich unglaublich schlecht und ausgenutzt fühlen lassen. Nach dem, was passiert war, konnte er doch nicht so einfach abreisen! Unter Tränen würde sie also nach Hause zurückfahren und Tom beichten, welchen Fehltritt sie sich erlaubt hatte und ihn anflehen, ihr zu verzeihen.

Die »neue« Katja hingegen fände sich selbst in ihrer neuen Rolle super, sexy und begehrenswert. Sie hätte nicht den Hauch eines schlechten Gewissens, war es doch vielmehr Toms eigene Schuld, dass sie sich abwandte, weil er sich nie um sie gekümmert hatte und mittlerweile nur noch als Arbeitstier betrachtete. Er gab ihr nie das Gefühl, sie zu begehren und als Frau zu verehren, also war es ja wohl nicht mehr als recht und billig, sich dieses Lebenselixier woanders zu holen. Und was den Künstler anging: Der konnte froh sein, dass sie sich ihm hingegeben hatte. Und völlig in Ordnung, wenn er morgens abfuhr, ohne ihr Liebe, Begehren und Wiedersehen zu versprechen. Wer sagte denn, dass sie tatsächlich so etwas wie eine Affäre mit ihm anfangen wollte? Das musste sie sich sowieso erst überlegen. Also: am besten, die Dinge einfach auf sich zukommen lassen! Tom würde sie nur sagen, es war ein toller Abend. Basta.

Und was tat ich nun in Wirklichkeit? Ich wusste es noch nicht genau. So viele unterschiedliche Gedanken und gemischte Gefühle tobten in meinem Inneren, dass ich noch nicht einmal wusste, in welche Richtung (»alt« oder »neu«) ich mich positionieren würde. Wichtig war aber, dass mir klar war, dass es meine eigene, bewusste Entscheidung war, wie ich mich verhielt und dass ich es selbst in der Hand hatte, ob ich mich gut oder schlecht fühlte mit dem, was nunmehr sowieso nicht mehr zu ändern war. Wollte ich leiden? Eigentlich nicht mehr. Also musste ich eben die Stärke aufbringen, mein Handeln mir selbst gegenüber wohlwollend anzunehmen und mir nichts vorzuwerfen. Mein Hang zur Selbstzerfleischung und zu Selbstvorwürfen hatte mir Zeit meines Lebens schon genug vergällt, auch damit musste jetzt Schluss sein. Ich würde dazu stehen, was ich getan hatte und wenn jemand damit ein Problem haben sollte, hatte er Pech gehabt. Das galt auch für Tom. Sollte ich entscheiden, ihm von meinem Abenteuer zu erzählen? Aber wenn ich ja eigentlich nicht leiden wollte, wozu sollte ich dann schlafende Hunde wecken. Tom fühlte sich doch weitaus wohler, wenn er nichts wusste! Dann musste er auch nicht mich, unser Vertrauensverhältnis, unsere Ehe und überhaupt alles infrage stellen. Und das wäre doch weitaus angenehmer, als sich auf uferlose Grundsatzdiskussionen einlassen zu müssen. Ich überlegte hin und her, wusste aber nur eines sicher: Mir graute es, wieder im Alltagstrott gefangen zu sein. Auch das wollte ich nicht mehr und musste es ändern.

Die Autofahrt kam mir sehr gelegen, denn so hatte ich noch Zeit, meinen Kopf klarer zu bekommen und die nächsten Schritte meiner »neuen« Zukunft zu planen. Zur Disposition stand zunächst einmal alles!

Fakt war: Ich wollte mich erstens nicht mehr jeden Tag dem Druck und dem Stress im Lokal ausliefern und mit einem cholerischen Ehemann zusammenleben sowie -arbeiten. Zweitens war die Frage, ob ich diese Ehe mit Tom in der bisherigen Art und Weise überhaupt fortführen wollte und konnte. Unsere Beziehung war mittlerweile im Leerlauf, hatte sich nach all den Jahren erschöpft und gab mir weder große Gefühle noch Inspiration. Vielleicht waren wir einfach am Ende und mussten das akzeptieren.

Ich bemühte sich sehr, mich zusammenzureißen und die Stärke der »neuen« Katja zu empfinden und mir zunutze zu machen. Dennoch kostete es mich viel Kraft, die Empfindungen der »alten« Katja beiseite zu schieben.

Gegen Mittag kam ich mit gemischten Gefühlen im Restaurant an und war mir selbst überhaupt nicht mehr sicher, wie ich agieren würde, wenn ich Tom dann tatsächlich Auge in Auge gegenüberstand. So sehr ich auch versuchte, mir die Dinge schönzureden und sie vor mir selbst zu rechtfertigen: Ich war einfach ein von Grund auf ehrlicher Mensch, dem es kaum möglich war, andere zu hintergehen und zu belügen, schon gar nicht den eigenen Ehemann.

Tom war bereits in Hektik, damit er sein tägliches Programm schaffte und offenbar klappte schon wieder irgendetwas nicht, denn er war erneut auf Hochtouren.

»So ein Mist, jetzt hat der Lentner (*sein Wein-Lieferant*) den falschen Wein geschickt, nicht den Pouilly-Fumé, sondern den Sancerre, davon hab ich aber noch zwei Kisten, ich brauch dringend den anderen.«

Er kam aus der Spülküche in die Küche geschossen und schmetterte seinen Notizblock mit den Aufzeichnungen auf die Anrichtefläche. Er würdigte mich nur eines kurzen Blickes und motze mich an: »Na, ich hoffe, du hast dich gut amüsiert, während wir hier gestern in der Scheiße waren.«

Und auf einmal brach es aus mir heraus, ohne dass ich bewusst eine Entscheidung getroffen hätte. Es war einfach unausweichlich. Tränen schossen mir in die Augen, denn es war mir mit einem Mal glasklar, dass unsere Ehe am Ende war.

»Tom, ich kann nicht mehr«, stieß ich unter Tränen hervor und sackte in mich zusammen.

»Ich kann so einfach nicht mehr weitermachen.«

Tom war irritiert und starrte mich prüfend an: »Du kannst nicht mehr? Was soll denn das heißen? Willst du Schluss machen?« Er schien sofort zu begreifen, um was es mir ging und dass es mir ernst war.

Und ich erwiderte nur: »Ja. Ich kann einfach nicht mehr.«

Mein Mann wusste genau, dass ich das niemals in dieser Klarheit sagen würde, wenn ich es nicht auch tatsächlich so meinte. Er durchbohrte mich mit seinem Blick und ließ sich an Tisch 23 auf die Sitzbank sinken.

»Wie kommst du denn jetzt da auf einmal drauf?«, fing er an, auf mich einzureden. »Hat dieser wortgewandte Superkünstler dir irgendeinen Schwachsinn eingeredet? Soll ich mir den mal vorknöpfen? Da lässt man dich einmal über Nacht aus den Augen und dann kommt so was dabei raus!«

Ich weinte und schluchzte und war einfach nur traurig. Wie die meisten anderen hatten es nun auch wir nicht geschafft. *In guten und in bösen Zeiten, für immer* – auch wir waren an diesem hohen Ziel kläglich gescheitert. Die Traurigkeit darüber manifestierte sich in einem bohrenden Schmerz, den ich bis tief in meine Magengrube spürte. »Es tut mir so leid«, stieß ich unter Tränen hervor, »aber ich kann einfach nicht mehr.«

Tom erhob sich. Nüchtern sagte er nur: »Dann ist es wohl besser, du gehst jetzt. Ich regle hier alles.« Enttäuschung und Resignation schwangen in seiner Stimme. Aber was mir wirklich fast das Herz brach, war, dass ich Tränen in seinen Augen sah.

Keine Fragen, keine Diskussion, kein warum und wieso. Keine Vorträge wie »Du kannst das alles, was wir uns aufgebaut haben, doch jetzt nicht einfach hinschmeißen!« Oder: »Du kannst mich mit dem Lokal doch jetzt nicht einfach im Stich lassen!«

Nichts. Nur deprimierende, schmerzende Stille.

Ich stand auf und ging zur Tür. Normalerweise müsste ich fragen, wer heute und die nächsten Tage für mich arbeiten könnte, wenn ich es selbst nicht tat. Normalerweise müsste ich mich darum kümmern, dass im Lokal alles wie gewohnt weiterlaufen konnte. Aber das Einzige, was ich tat, war zur Tür zu gehen und Tom und das Lokal zu verlassen. Ohne mich umzudrehen.

9

Tags darauf erwachte ich im Gästezimmer in der Wohnung meiner Mutter. Als die Erinnerung an den Vortag ebenfalls erwachte, holten mich Trauer und Schmerz über die Trennung ein, gleichzeitig aber war ich froh und erleichtert. Ich war überzeugt, ich hatte die richtige Entscheidung getroffen. Es gab für Tom und mich keine Zukunft mehr. Unsere Ehe war an einem toten Punkt angekommen und über Jahre hatten wir keinen Weg gefunden, ihr neues Leben einzuhauchen. Ich war traurig, aber auch froh und zuversichtlich. Endlich konnte ich mich neu orientieren, mein Leben mit neuen Inhalten füllen. Die Knochenarbeit im Lokal würde mir in Zukunft erspart bleiben, worüber ich im ersten Moment sehr erleichtert war. Klar war aber auch, dass ich mich umgehend nach einem Job umsehen musste, denn weder ich selbst noch meine Mutter hatten finanzielle Polster. Ganz im Gegenteil: Die Schulden hatten sich über die Jahre angesammelt und ich hatte nicht nur kein Vermögen, sondern jeden Monat auch Kredite und Darlehen zu bedienen. Vor diesem finanziellen Hintergrund betrachtet, war der Bruch mit Tom natürlich noch wagemutiger, aber auch das hatte meine Entscheidung nicht ändern können.

Ich setzte mich im Bett auf und horchte nach draußen, ob ich irgendwelche Geräusche vernehmen konnte. Tatsächlich hörte ich meine Mutter in der Küche werkeln und dabei telefonieren. Telefonieren war ihr größtes Hobby und ich kann mich nicht erinnern, wann ich diese Frau jemals ohne Telefonhörer in der Hand gesehen hatte. Meine ganze Kindheit hindurch hatte sie telefoniert. Es war mir immer ein Rätsel gewesen, was es denn permanent so Wichtiges geben konnte, dass man es stundenlang besprechen musste. Ich war als Kind regelrecht eifersüchtig auf diesen Hörer geworden, der andauernd verhinderte, dass meine Mutter sich um mich kümmerte und ihre Aufmerksamkeit mir schenkte, anstatt permanent in die Muschel hineinzuplappern. Es hatte sich in dieser Hinsicht bis heute nichts geändert. Auf der anderen Seite war es auch beruhigend, dass manche Dinge einfach immer gleich blieben und es doch Konstanten im Leben gab, auf die man sich verlassen konnte.

Irgendwie erstaunte es mich selbst, dass ich von einem Moment auf den anderen eine solch weitreichende Entscheidung wie die Beendigung meiner Ehe dermaßen konsequent treffen und umsetzen konnte. Es musste einfach so sein, dass die Unzufriedenheit mit der Beziehung schon so lange in mir gegärt hatte, dass diese Entscheidung einfach unausweichlich wurde. Es war nur eine Frage der Zeit gewesen, wann es zu diesem Punkt kommen würde. Letztlich hatte dann ein kleiner Tropfen genügt, um das Fass zum Überlaufen zu bringen und die Konsequenzen zu ziehen.

Meine Mutter allerdings schien das Ganze für eine vorübergehende »kleine Krise« zu halten, wie sie mich beim Eintreffen in der Küche nach einem überschwänglichen »Guten Morgen« wissen ließ.

»Ihr braucht vielleicht einmal kurz etwas Abstand, der Tom und du. Ihr arbeitet ja auch immer so viel, das ist ja kein Wunder, wenn man da mal an seine Grenzen kommt. Ruh dich erst mal ein bisschen aus, dann wirst du schon sehen, dass du dich besser fühlst und die Dinge gleich in einem ganz anderen Licht betrachtest. Ihr habt doch schon so viel zusammen geschafft, das wäre doch schade, wenn man jetzt alles hinschmeißt.«

Ja, sicher war es schade, aber ich hielt diese Enge und die Anforderungen dieser Beziehung einfach nicht mehr aus. Ich musste raus. Und die Tatsache, dass ich – zwar bei aller Traurigkeit über die Trennung – dennoch eine große Erleichterung empfand, zeigte mir, dass ich die richtige Entscheidung getroffen hatte. Ich fühlte mich leicht und befreit, als wäre eine große Last von mir genommen worden.

»Mama, ich glaube nicht, dass das nur eine kleine Krise ist. Ich habe mich von Tom getrennt«, versuchte ich klarzustellen.

»Ach Kind, das wird die Zeit schon zeigen, wie sich alles weiterentwickelt. Das kann man doch jetzt noch gar nicht so endgültig sagen.«

Doch, konnte man schon, zumindest glaubte ich das.

»Und wie willst du jetzt dein Geld verdienen? Du bist doch auch keine 20 mehr, sodass du einfach losgehen und dir einen Gelegenheitsjob besorgen kannst. Du bist alt!«

Vielen Dank auch, jetzt fühlte ich mich viel besser.

Ich überging die letzte Bemerkung und meinte entspannt: »Ich habe letztens schon mal bei Susanne gefragt, ob sie in nächster Zeit Hilfe bei sich im Laden braucht. Ich könnte halbtags bei ihr im Kosmetikstudio mitarbeiten. Sie wollte sowieso reduzieren, damit sie sich nachmittags um Maxi kümmern kann, wenn er aus der Schule kommt. Er ist anscheinend nicht besonders gut in der Schule und sie will in Zukunft immer mit ihm die Hausaufgaben machen, damit er besser mitkommt.«

»Ja, aber das ist doch keine Perspektive für dich!«

Da mochte sie schon recht haben, aber ich musste mir eben erst mal Gedanken machen, was denn überhaupt eine Perspektive für mich war.

Im Moment war ich jedenfalls sehr froh, dass mir diese schwere Entscheidung, mich zu trennen, gelungen war. Aus dieser Sicht war ich sogar etwas stolz auf mich. Ich konnte unglaublich stark sein, wenn ich nur wollte. Man kann alles, wenn man es wirklich will!

Zusätzlich war ich froh, dass Tom sich noch nicht gemeldet hatte. Ein sauberer Schnitt war im Moment das Beste. Sicher hatte ich eine gewisse Sehnsucht – sowohl nach ihm wie auch nach dem Lokal –, aber es überwog insgesamt meine Erleichterung. Die Erleichterung, etwas beendet zu haben, das mich eingeengt hatte und mir eine Last geworden war. Die Erleichterung, dass ich nicht mehr von früh bis abends in der Arbeit für das Lokal gefangen war.

Trotzdem hatte ich schon wieder ein schlechtes Gewissen, wenn ich diese Gedanken nur zuließ. Tom hatte immer sein Äußerstes getan, hatte immer für uns, nicht nur für sich, gearbeitet. Für uns wollte er Erfolg haben, für uns wollte er Geld verdienen. Ich wusste das alles und rechnete es ihm hoch an. Aber die Wahrheit am Ende des Tages war trotzdem, dass ich es in der Beziehung, so wie sie verlaufen war, nicht mehr ausgehalten hatte.

Mein Handy riss mich aus meinen Gedanken. Es war nicht Tom. *Sehr gut.*

»Hallo«, sprach ich etwas gelangweilt in den Hörer.

»Ja hallo, das war jetzt aber gar nicht so einfach, deine Nummer rauszufinden.« Roby!

Das hätte ich jetzt nicht erwartet. Also, gehofft insgeheim ja eigentlich schon. Aber geglaubt eigentlich nicht.

Wie immer, wenn er mit mir sprach, verzichtete er auf seinen angestammten bayerischen Ur-Dialekt.

Meine eigene Stimme wurde zwei Oktaven höher: »Roby, das ist aber eine Überraschung. Wie geht's dir?« *Wie geht's dir* ist ja immer eine völlig unverfängliche Frage, da kann man nichts falsch machen.

Aus dem Augenwinkel sah ich, wie meine Mutter von der Dose Katzenfutter, die sie gerade öffnen wollte, abließ und sich argwöhnisch zu mir herumdrehte. Mütter haben ja immer einen sechsten Sinn und bereits in der Sekunde wusste sie, was das für ein Anruf war.

»Hör zu, ich muss gleich los, der Angelo wartet schon im Auto. Ich wollt dich nur schnell fragen, ob du am Mittwoch in einer Woche nach Rosenheim kommen kannst. Mein Programm beginnt dort um halb acht, das heißt, etwa um zehn bin ich fertig und dann hätten wir a bisserl Zeit.«

Wahnsinn. Der Roby meldete sich tatsächlich wieder. Sofort begann mein Unterleib zu prickeln und ich glückste wie ein dummes Huhn in den Hörer: »Das wäre super, ich komm gern.«

Wir verabschiedeten uns knapp und ich hatte meinen nächsten Fixpunkt. Ich war erleichtert, dass ich somit wieder etwas Neues hatte, auf das ich mich konzentrieren konnte, denn dadurch fiel es mir viel leichter, die ganze Tom-Sache mal beiseite zu lassen.

»Man sollte einer Einladung nie zu schnell zusagen«, bemerkte meine Mutter argwöhnisch.

»Willst du gelten, mach dich selten«, belehrte sie mich zum millionsten Mal mit ihren klugen Sprüchen. Ja, ich wusste das, und als Nächstes würde sie mir wieder erzählen, dass ich doch immer noch nicht gelernt hatte, als Frau mal etwas raffinierter zu sein, obwohl ich ja schon »alt« war … Da das aus meiner Sicht aber eine Typfrage war und ich eben zu den »Direkten« und nicht den »Raffinierten« gehörte, würde es auch dabei bleiben. Außerdem verband ich mit diesem Begriff »raffiniert« vor allem den Typ »billige Schlampe«, deren Haupt-Lebensaufgabe es war, sich an einen Typen dranzuhängen, von ihm schwängern zu lassen und so das weitere Auskommen zu finanzieren. Das war keine Wertewelt, die ich gut oder erstrebenswert fand. Aber darum ging es ja jetzt eigentlich nicht.

»Das war nur der Roby, der mich übernächste Woche auf sein Konzert eingeladen hat.« Ich versuchte, das möglichst beiläufig klingen zu lassen.

»Du meinst, der Roby, den der Tom aus dem Lokal kennt? Der Roby, zu dem du noch im Dezember auf gar keinen Fall nach München fahren wolltest? Der?« Gnadenlos setzte sie den Mutti-Bohrer an. Ausweichen war zwecklos, da sowieso unmöglich.

»Jaaa, der Roby, na und?«, erwiderte ich genervt. »Das ist doch wohl meine Sache, mit wem ich jetzt Zeit verbringe.« Trotzig hob ich den Kopf und drückte meinen Unmut mit einem giftigen Blick aus. Egal ob ich 15 oder 40 war, es blieb immer dasselbe mit Mami.

»Na ja, du wirst schon wissen, was du machst«, gab sie säuerlich zurück. »Aber heul dann bloß nicht wieder rum, wenn die Kacke am Dampfen ist.«

Welche Kacke denn? Ich spürte gleich, wie ich durch Robys Anruf wieder so richtig Oberwasser bekam. Alles super. Ich war frei, ungebunden und hatte das Gefühl, die Welt stünde mir offen. Dieses Gefühl hatte ich bestimmt schon über 20 Jahre nicht mehr gehabt. Ketzerisch könnte man sogar sagen, allein deshalb hatte sich die Trennung schon gelohnt! Aber das würde dem Ganzen natürlich nicht gerecht werden.

Planung Rosenheim: das gleiche Spiel wie in Bamberg. *Fahrt? Hotel? Kleidung? Unterkunft??? Bin ich über Nacht bei Roby?* Ich ging mal davon aus. *Oder er mit mir in meinem Hotel?* Ich wusste, dass er irgendwo zwischen München und Rosenheim wohnte, aber würde er mich mit zu sich nehmen? Hatte er überhaupt irgendeine Beziehung – eine Frau, eine Freundin, eine Affäre? Ich wusste wirklich gar nichts über ihn. Höchste Zeit also, Einiges herauszufinden. Ich setzte mich an den Computer und befragte das Orakel Google nach Robys Privatleben. Was sich mir auftat, begeisterte mich allerdings wenig. Angeblich war er seit drei Jahren neu verheiratet, hatte sich kurz davor von seiner ersten Frau scheiden lassen, mit der er neun Jahre liiert gewesen war. Er hatte vier (!) Kinder, zwei mit der ersten Frau, ein außereheliches und eines, das erst letztes Jahr zur Welt gekommen war. Hm. Das hörte sich nicht so gut an. Jedenfalls hörte es sich nicht so an, als dass Roby derzeit allein lebte und nur auf mich gewartet hatte, damit er mit mir nun eine neue Beziehung eingehen konnte. Irgendeine Art von Beziehung vielleicht schon, aber sicher keine feste. Aber würde ich das denn erwarten? Konnte ich so etwas erwarten, wenn man sich auf nicht mehr als einen One-Night-Stand einließ? Im Prinzip war mir natürlich klar, dass ich mich nicht in den Gedanken versteigen brauchte, dass er wirklich ernstere Absichten mir gegenüber hatte. Wie auch, denn wir kannten uns ja gar nicht. Wir hatten nur eine Form von gegenseitiger Anziehungskraft verspürt, die uns dahin gebracht hatte, wo wir Samstagabend gelandet waren: im Bett. Es war schon erstaunlich, dass er sich überhaupt noch mal gemeldet hatte. *Und was jetzt? Sollte ich trotzdem nach Rosenheim fahren?*

Ich entschied, ich würde auf jeden Fall hinfahren, auch wenn ich sehr gemischte Gefühle dabei hatte. Ich würde aber schon allein deshalb hinfahren, weil ich unterschwellig ein wenig Angst hatte, nach der Trennung von Tom vielleicht doch in ein dunkles Loch zu fallen, wenn ich mich nicht erfolgreich ablenken würde. Meine Entscheidung stand zwar fest, da gab es auch nichts dran zu rütteln und ich war nach wie vor überzeugt, mit der Trennung das Richtige zu tun. Trotzdem war es aus Vorsichtsgründen empfehlenswert, sich mit anderen Dingen zu beschäftigen, um das Risiko eines Tom-Rückfalls auch wirklich auszuschließen. Man durfte den Faktor Gewohnheit ja nicht unterschätzen und wir waren schließlich zehn Jahre zusammen gewesen. Natürlich muss sich da der Alltag erst wieder völlig neu einpendeln – zumal, wenn das Arbeitsleben auch komplett mit betroffen ist.

Die nächsten Tage waren irgendwie merkwürdig. Ich hörte

gar nichts von Tom, was einerseits gut war – so konnte es keinen Konflikt geben –, andererseits erstaunte es mich. Ich wohnte weiter bei meiner Mutter und kam mir vor wie in Teenager-Tagen, was recht eigentümlich war. Wir hatten auch ständig die gleichen Gespräche und Situationen wie schon vor 25 Jahren. Beispiel: Ich war schon immer ein Nachtmensch gewesen, der frühmorgens eher Probleme damit hatte, zu sich zu kommen und wach zu werden. Als solcher wollte ich morgens auch meine Ruhe haben. Was ich daher absolut nicht ausstehen konnte, war, wenn man mich am frühen Morgen ohne Punkt und Komme volllaberte. Meine Mutter hatte das schon immer mit Vorliebe getan.

Ich brütete am Morgen also stumm über meiner Kaffeetasse und versuchte festzustellen, wie ich heute gelaunt war. Meine Mutter kam ins Zimmer: »Du solltest aber unbedingt etwas frühstücken, es ist gar nicht gut, morgens mit nüchternem Magen das Haus zu verlassen.« Ich wollte schon als Kleinkind frühmorgens nichts essen, das hatte sich in Jahrzehnten auch nicht geändert. »Ich habe aber keinen Hunger«, knurrte ich ihr wie immer entgegen.

»Na ja, du musst ja wissen, was du machst. Übrigens hab ich gestern mit der Tante Liesl telefoniert und sie hat gesagt, der Lutz hat jetzt eine neue Freundin, die ist geschieden und hat schon drei Kinder! Stell dir das mal vor, ich weiß gar nicht, wie die das machen wollen …« Es folgte ein längerer Monolog – auch wie immer.

Wie gesagt: Beruhigend, dass sich manches nie ändert!

10

Am Mittwoch machte ich mich auf nach Rosenheim und war in heller Vorfreude, als ich in meiner kleinen Pension direkt am Theater, wo das Konzert abends stattfinden sollte, abstieg. Es war alles ganz kuschelig und plüschig eingerichtet und ich kam mir vor wie in einer Puppenstube. Auch in Rosenheim nutzte ich die Zeit und machte nachmittags einen ausführlichen Stadtbummel. Das Wetter war zwar kalt, aber es schneite oder regnete nicht, sodass ein Spaziergang draußen eigentlich ganz angenehm war.

Einem spontanen Impuls folgend, betrat ich in eine kleine italienische Bar, an der ich vorbeikam und in der ich eine Gruppe von Leuten – anscheinend Italiener – sich unterhalten sah. Italien! Ich liebte Italien und in dem Moment wusste ich, was mein nächster Plan war. Ich wollte nach Italien. Was ist denn schon ein Roby Nestor gegen einen waschechten, feurigen Italiener? Eigentlich hatte ich sowieso schon immer einen Italiener heiraten wollen und es war nur dem Zufall geschuldet, dass ich mich anstatt mit einem dunkelhaarigen, rassigen und temperamentvollen Südländer mit einem blonden, hellhäutigen Deutschen vermählt hatte. Gut, temperamentvoll war der auch, aber eher nicht im positiven Sinne: Jähzorniges Aufbrausen und Unbeherrschtheit waren keine ersehnten Eigenschaften eines Ehemannes.

Ich ging also hinein und sah mir zunächst die Auslagen in der Vitrine an, die eine bunte Mischung an Antipasti und Käse enthielt. Während ich so dastand, bemerkte ich von hinten jemanden an mich herantreten. Ein Arm reichte mir von rechts über die Schulter ein Glas. Erstaunt drehte ich mich um.

»Buongiorno Signora«, begrüßte mich ein verdammt attraktiver Vertreter seiner Gattung – dunkle, schulterlange Haare, dunkler Teint, sehr schlank, schickes dunkelgraues Hemd mit dunkler Hose und einem Blick, dass einem schon allein davon ganz heiß wurde. Er lächelte mich selbstsicher an und ich lächelte zurück. Im gleichen Moment dachte ich allerdings wehmütig an die Zeit, in der man mich noch mit »Signorina« anstelle von »Signora« angesprochen hatte: Was gäbe ich darum, das noch mal zu erleben. Und ich wunderte mich: Meine neu gewonnene Freiheit verlieh mir offenbar eine positive und recht einladende Ausstrahlung. Das fand ich toll. Ich nahm das Glas Prosecco und meinte »Danke, das ist sehr nett.«

»Sind Sie neu hier, Signora? Ich habe Sie hier noch nie gesehen. Darf ich mich vorstellen, ich heiße Leonardo.«

Ich blickte in ein offenes, herzliches Gesicht und fühlte mich geschmeichelt.

»Ich heiße Katja, freut mich. Nein, ich bin nicht aus Rosenheim, ich bin heute nur für einen Tag hier.« Small Talk war tatsächlich noch nie so mein Ding gewesen, aber ich bemühte mich. Meine neu gewonnene Freiheit wollte ich ja schließlich nicht ganz alleine gestalten, sondern sie mit anderen Menschen teilen und dazu gehörte eben, dass man mit anderen Menschen in Kontakt trat und mit ihnen kommunizierte.

»Wenn Sie nur heute da sind, Signora, müssen Sie unbedingt eine Kleinigkeit von unseren hausgemachten Speisen probieren. Meine Freunde und ich feiern gerade den Geburtstag von Antonio, das ist der gut aussehende junge Mann da in der Mitte.« Er zeigte auf einen etwas kleineren, aber wirklich attraktiven jungen Italiener im weißen Anzug. Ohne meine Antwort abzuwarten bugsierte mich Leonardo in die Mitte der Gruppe und stellte mich allen vor, obwohl er mich ja selbst gar nicht kannte.

Ich fand es toll, auf einmal so im Mittelpunkt zu stehen

und offenbar irgendwie interessant und attraktiv zu wirken. Die letzten Jahre hatte ich mich so auf das Lokal und Tom fokussiert, dass ich gar nicht mehr in der Lage gewesen war, andere Dinge oder Menschen um mich herum wahrzunehmen. Sicher war es eine Frage der persönlichen Ausstrahlung, wie andere Menschen auf die eigene Person reagierten. War man offen und neugierig auf andere und die Welt um einen herum, konnten das die anderen Menschen wahrnehmen und reagierten wiederum offen und positiv auf einen. War man verschlossen und wollte sich abschotten, nahmen sie es genauso wahr und man baute eine unsichtbare Mauer um sich herum auf, die niemand mehr durchbrechen würde. Ich denke, die letzten zehn bis 20 Jahre hatte ich tatsächlich von einer Mauer umgeben verbracht und es war nun Zeit geworden, diese einzureißen. Das Leben bestand aus Begegnungen. Was konnte da letztlich übrig bleiben, wenn man von vornherein jegliche Begegnung verhinderte? Erst aus dem Austausch mit anderen Menschen konnten Gefühle, Erkenntnisse oder Werte gedeihen, die die Elixiere unseres Lebens waren. Die »neue« Katja gefiel mir immer besser und kam anscheinend auch bei meinen neuen Freunden gut an.

Es wurde ein wenig gescherzt und gelacht. Man sprach über Italien, Urlaube, die Pläne für den nächsten Sommer und freute sich einfach des Lebens. Und da war sie wieder, diese Leichtigkeit, die ich so lange nicht mehr gespürt hatte. Wir tranken Prosecco und probierten etwas Antipasti. Einige Zeit später erklärte mir Leonardo, dass man im Restaurant eines befreundeten Kochs einen Tisch bestellt hatte und Antonio seine Freunde noch zum Abendessen einladen wollte. Ich sollte doch unbedingt mitkommen. Ohne zu zögern und ohne auf die Uhr zu sehen ging ich mit. Das Essen war fantastisch. Es gab Pasta mit Steinpilzen, danach Steinbutt mit Gemüse, Saltimbocca (ich aß ja eigentlich kein Fleisch, aber auch das ignorierte ich an diesem Abend geflissentlich) und Pannacotta. Leonardo legte sich im Laufe des Abends richtig ins Zeug. Er schmiss sich tatsächlich an mich ran. So viele Avancen hatte ich in der Tat seit meiner Ausbildungszeit nicht mehr bekommen. Es gab wunderbaren Amarone, von dem ich reichlich probierte, obwohl ich wusste, dass schwere Rotweine mir eigentlich in der Regel nicht gut bekamen. Nach dem Dessert gab es noch Espresso und schließlich reichlich Grappa. Das letzte Mal, als ich Grappa getrunken hatte, hatte ich Tom in einem voll besetzten Restaurant eines Bekannten eine filmreife Szene gemacht, denn er hatte es gewagt, mit einer früheren Lebensgefährtin, die ich nicht ausstehen konnte, zu telefonieren. Das war sehr peinlich gewesen und hatte deutlich gezeigt, dass ich von starken Spirituosen Abstand nehmen sollte. Die letzten Jahre hatte ich das auch getan. Aber im Moment hielt ja meine neu gewonnene Freiheit Einzug und die machte vor einem Gläschen Grappa nun auch nicht halt. Zu später Stunde krönte das Geschehen noch ein italienischer Schmusesänger, der bei lauschiger Musik die Gefühle in Wallung brachte. Eher unterbewusst nahm ich wahr, dass Leonardo wohl schon ganz schön in Wallung war und fand es urkomisch, dass er mir sein hartes Teil beim eng umschlungenen Schmusetanz entgegendrückte. Wir tanzten und knutschten ein wenig und irgendwann landeten wir zusammen auf einer himmelweichen Unterlage und vergnügten uns.

Der nächste Morgen war ernüchternd. Ich stellte fest, dass ich in meinem Hotelzimmer lag (*Gott sei Dank, wenigstens dort*), das Bett ganz offensichtlich ein riesiges Schlachtfeld, am Boden verteilt einzelne Kleidungsstücke, Flaschen, Gläser und Papiertaschentücher. Mir war hundeelend, ich hatte pochende Kopfschmerzen und das ganze Zimmer drehte sich. Was um alles in der Welt hatte ich am Abend zuvor gemacht?

Ich erinnerte mich bruchstückhaft an einzelne Szenen aus der Bar und dem Restaurant, aber an alles, was danach offensichtlich passiert war, hatte ich überhaupt keine Erinnerung mehr. Scheiße. Ich wusste nicht mal, wie der Typ hieß, den ich anscheinend gestern auch noch mit hierher gebracht hatte. Und ich hatte keine Ahnung, was ich mit ihm oder er mit mir gemacht hatte. Im Moment wollte ich allerdings vor allem eins: dass die Übelkeit wegging. Ich war nicht in der Lage aufzustehen oder mir etwas anzuziehen. Ich konnte für den Moment einfach nur liegenbleiben und hoffen, dass ich mich bald etwas besser fühlte. Doch da hatte ich die Rechnung im wahrsten Sinne des Wortes ohne den Wirt gemacht. Der stand nämlich kurze Zeit später klopfend vor meiner Tür, um mich daran zu erinnern, dass mein Check-out bereits vor eineinhalb Stunden hätte erfolgen müssen und fragte etwas vorwurfsvoll, was denn eigentlich los sei.

»Äh, ich fühle mich heute nicht so gut«, krächzte ich durch die geschlossene Hotelzimmertür. »Könnte ich das Zimmer vielleicht einfach noch einen Tag behalten?«

Er war zwar nicht begeistert und witterte offenbar Unheil, das durch Katastrophen-Gäste wie mich drohte, erklärte sich aber schließlich einverstanden, mir das Zimmer noch einen weiteren Tag zu vermieten. *Gott sei Dank, dann konnte ich hier erst mal einfach liegen bleiben.*

Obwohl ich mich bemühte, gar nichts zu denken, wanderten meine Gedanken unweigerlich zum Vorabend und ich versuchte wieder und wieder, den gesamten Abend Revue passieren zu lassen. Mein Erinnerungsvermögen schaffte es, bis kurz nach dem Dessert im italienischen Restaurant die Ereignisse mehr oder weniger klar abzurufen, aber dann war Schluss. Absoluter Filmriss.

Das Handy schrillte. Es war meine Mutter, die mit vorwurfsvoller Stimme in den Hörer röhrte: »Sag mal, wo bist du denn? Antje und Heinz sind schon seit einer halben Stunde da und wir warten auf dich!«

Tja, da mussten sie wohl noch etwas länger warten, denn ich würde heute garantiert nicht auftauchen.

»Ich kann heute nicht«, gab ich ermattet zurück.

»Was soll denn das heißen, du kannst heute nicht? Die sind einmal in fünf Jahren in der Stadt und du hattest versprochen, unseren alten Bekannten Hallo zu sagen.« Sie setzte an zur Eröffnung des Maschinengewehrfeuers: »Und was ist denn überhaupt mit dir los? Wie hörst du dich überhaupt an? Das ist ja unmöglich, wie du dich im Moment benimmst. Das eine kann ich dir sagen, so nimmt das kein gutes Ende. Das kann auf gar keinen Fall so weitergehen mit dir. Da wäre es ja besser gewesen, du wärst bei Tom geblieben, so, wie du dich aufführst. Aber na ja, ist immer das alte Lied: Wenn's dem Esel zu wohl wird, geht er aufs Glatteis.« (*Muttis kluger Spruch Nr. 249.*) »Da meint man ja, du bist völlig von Sinnen. Man könnte denken, du bist ein Teenager in der Pubertät, aber keine erwachsene Frau. Du solltest dich schämen, also wirklich wahr …«

Ich hielt den Hörer möglichst weit weg von meinem Ohr, aber sie kannte kein Erbarmen.

»Kannst du mir jetzt endlich mal verraten, wo du überhaupt steckst?« Wenigstens war sie jetzt einen Moment ruhig, weil sie natürlich platzend vor Neugier auf die Antwort horchte.

»Ich bin noch in Rosenheim«, erwiderte ich tonlos.

»Was, noch in Rosenheim? Am Ende wieder mit diesem Rocker, diesem Roby oder was?«

Ooooh Scheiße. Den hatte ich ja total vergessen. Wegen dem war ich ja eigentlich hergefahren. Wie kann das denn sein, dass ich den und sein Konzert gestern tatsächlich völlig vergessen hatte! Das schlug ja nun wirklich dem Fass den Boden aus. Trotz meines Restalkohols, der die Gegenwart freundlicherweise nur mit einer Art Schleier bedeckt auf mich einwirken ließ, fand ich mich selbst völlig unmöglich.

»Nein, nicht mit Roby«, war dann meine knappe Antwort.

»Ja, wo warst du denn bitte dann? Du bist doch extra dahingefahren in dieses Kaff, damit du den Luftikus wieder triffst. Das tut sowieso keinem gut, sich mit so einem zu treffen. Ein Filou ist der, sonst gar nix.« Sie ereiferte sich mehr und mehr.

»Mama, kannst du jetzt bitte mal aufhören, bitte. Mir geht es heute nicht besonders gut. Wir können uns gern ausführlicher unterhalten, wenn ich wieder zurück bin.« Wie üblich unternahm ich einen kläglichen Versuch, mich aus dem Verhör zu befreien, der wie immer von vornherein völlig aussichtslos war.

»Ja, da ginge es mir auch nicht gut, wenn ich so eine Scheiße anrühren würde wie du im Moment. Das ist doch nicht zu fassen! Gott sei Dank kriegt das der Tom wenigstens nicht mit. Eine Schande ist das. Du bist ja immerhin noch verheiratet. Und was mit dem Lokal ist, ist dir jetzt auch auf einmal egal …«

Ich kannte dieser Art der Unterhaltung zur Genüge und wusste genau, Mamilein würde nicht aufhören, wenn sie sich erst einmal derart in Rage geredet hatte. Da half nur ein harter Cut. Wenigstens das hatte ich in meinem Alter mittlerweile gelernt: einfach Schluss machen, wenn es keinen Sinn mehr hat.

»Ich kann jetzt nicht mehr telefonieren, Mama. Ich rufe dich morgen an.« Aufgelegt. Das war doch wenigstens ein kleines Zeichen meines Erwachsenseins, dass ich es mittlerweile schaffte, solche Gespräche irgendwie zu beenden. Früher hatte ich mit solchen Diskussionen Stunden verbringen müssen, vor allem dann, wenn ich mich im gleichen Raum wie die »Anklage« aufgehalten hatte.

Mir fiel nichts Besseres ein, als mir die Decke über den Kopf zu ziehen und zu versuchen, weiterzuschlafen, in der Hoffnung, irgendwann katerlos wieder aufzuwachen.

11

Nun gut, jetzt hatte ich es wohl ein wenig übertrieben. Nachdem ich erst zwei Tage nach meiner Orgie in Rosenheim wieder klare Gedanken fassen konnte, kam ich nicht umhin, mein Treiben mit einiger Selbstkritik zu betrachten. Wie in den letzten Wochen schon mehrfach geübt, versuchte ich, in meinem Spiel »alte Katja gegen neue Katja«, erstere tunlichst zu unterdrücken und letztere siegen zu lassen. Die »alte« Katja wäre schon vor lauter Angst gestorben, mit wildfremden Männern ins Bett zu gehen, deren Gewohnheiten sie überhaupt nicht kannte und die ihr nicht das Ergebnis ihres letzten HIV-Tests vorab auf den Tisch legten. Die »neue« Katja hingegen bemühte sich um Souveränität und stand über allem, machte sich auf keinen Fall Vorwürfe und versuchte, sich im Gegenteil immer ein gutes Gefühl zu vermitteln.

Trotzdem: Man musste ehrlich zu sich selbst sein und sich fragen, wie das jetzt alles weitergehen sollte. Ich hatte mich entschieden, meine Ehe zu beenden. Soweit, so gut. Jetzt hatte ich meine neue Freiheit halt ein bisschen genossen und musste mir überlegen, wie ich mein Leben neu aufstellte. In den letzten Wochen war ich in dem Punkt allerdings keinen Schritt weitergekommen. Ich erinnerte mich plötzlich daran, wie wohl ich mich in Rosenheim in der kleinen italienischen Bar gefühlt hatte. Die Erinnerung an so viele Italienurlaube war dort wieder wach geworden und hatte einen bunten Gefühls-Strauß an Wehmut, Sehnsucht und Freude hervorgebracht. *Vielleicht sollte ich einfach wirklich ein paar Tage nach Italien fahren und sehen, dass ich dort auf andere Gedanken komme.* Es war ja kein Wunder, dass man sich in dem ewig gleichen Umfeld mit den ewig gleichen Problemen nicht auf einmal völlig neu orientieren konnte. Ich fand diese Idee super und wusste auch gleich, was Mama dazu sagen würde. Das war das nächste: Ich musste mir eine andere Bleibe suchen! Ich kam mir schon vor wie zurückentwickelt in Schulmädchentage. Ich stand auf, packte einen Trolley zusammen und rollerte in die Küche. Meine Mutter telefonierte. Als ihr Blick auf den Koffer fiel, flötete sie in den Hörer: »Kann ich dich gleich noch mal anrufen? Ich muss nur ganz kurz etwas klären.« Sie legte den Hörer auf, ich setzte ein kurzes, unechtes Grinsen auf und noch bevor sie sich verbal verwirklichen konnte, gab ich staatsmännisch bekannt:

»Ich verreise ein paar Tage nach Italien. Wo ich mich im Einzelnen aufhalten werde, weiß ich noch nicht. Ich fahre mit meinem Auto, nehme die Route über den San Bernardino durch die Schweiz, werde dann wahrscheinlich als Erstes in Sestri Levante das Albergo Castello anfahren und dort 4,21 Tage verweilen. Meine anschließenden Pläne kann ich noch nicht genau mitteilen, da ich sie selbst noch nicht kenne. Es besteht kein Grund zur Beunruhigung, denn es handelt sich nur um einen Kurzurlaub, um eine wenig auf andere Gedanken zu kommen. Ich werde dort auch über meinen weiteren beruflichen Werdegang nachdenken. Mehr kann ich im Moment nicht sagen.« *Vielen Dank für Ihre Aufmerksamkeit.* Meine Mutter guckte mich verdutzt an und kommentierte meine Ansage nur mit: »Na ja, du wirst schon wissen, was du tust.« *Strike!* Da hatte ich dieses Mal ja eindeutig gewonnen und ihr für ermüdende Diskussionen den Wind schon im Voraus aus den Segeln genommen. Musste man halt doch erst 40 werden, um endlich herauszufinden, wie man mit Mutti souverän umgehen konnte.

Kurzerhand setzte ich mich ans Steuer und brauste los. Ich dachte an Roby und nahm mir vor, mich in den nächsten Tagen bei ihm zu melden. Es war eigentlich nicht meine Art, Verabredungen nicht einzuhalten und das Ganze war mir schon etwas peinlich. Gut, ich schätzte ihn jetzt so ein, dass er bestimmt eine andere Art gefunden hatte, den späteren Abend kurzweilig zu verbringen, aber trotzdem sollte ich mich melden.

Die Straßen waren frei, es war ja noch Winter und die meisten Urlauber fuhren maximal bis in die Dolomiten zum Skifahren. Weder Gardasee noch Lago Maggiore waren um diese Jahreszeit schon angesagte Urlaubsziele. Ich allerdings freute mich darauf, das kleine Fischerdorf an der italienischen Riviera, das ich ansteuerte, im winterlichen Kleid zu sehen – ruhig, wenig beseelt und mit eisiger, aufgewühlter See. Nach wenigen Stunden passierte ich bereits den Grenzübergang nach Österreich, dann in die Schweiz und vorbei an Liechtenstein in Richtung San-Bernardino-Pass. Als ich das Autobahnschild für die Raststätte *Heidiland* passierte, musste ich laut loslachen. Ich erinnerte mich an eine Rückfahrt aus Sestri Levante aus dem Sommerurlaub. Tom und ich waren damals noch mit unserem geliebten Hund Cliffi unterwegs gewesen, einem Deutsch-Kurzhaar Weimaraner Mischling – ein Bild von einem Hund! Er war schlank, hatte dunkelbraunes Fell, lange Schlappohren und einen vorstehenden Reißzahn, der unter der Lefze hervorschaute und seine Schnauze deshalb immer etwas schief wirken ließ, worüber jeder schmunzeln musste. Gleichzeitig war er ein unglaublich elegantes und stolzes Tier, geradezu aristokratisch. Er liebte es, mit uns in den Urlaub zu fahren und trabte jedes Mal wie ein kleines Paradepferd in die Hotellobbys hinein. In Sestri Levante hatte er kurz nach der Ankunft erst einmal seine Vorliebe für ein bunt geblümtes Plüschsofa, das in der Lobby stand, entdeckt. Souverän, als wäre es das Selbstverständlichste der Welt, hob er völlig unbeeindruckt von dem Geschehen um ihn herum daran sein Bein. Die Reinigung war kostspielig, aber die Szene war so komisch gewesen, dass es das wert war.

Jedenfalls hatten Tom, Cliffi und ich einige Tage an der Riviera verbracht und waren morgens nach dem Frühstück zur Rückreise aufgebrochen. Mit Tom als Beifahrer in einem Auto zu fahren war allerdings eine echte Herausforderung. Er fuhr grundsätzlich viel zu schnell, anderen Autos viel zu dicht auf und nahm im Autoskooter-Stil waghalsige Überholmanöver vor. Er selbst bildete sich allerdings ein, er wäre ein doller Autofahrer. Ganz wichtig für Tom und sein Ego als Autofahrer war natürlich, dass man insgesamt der Schnellste auf einer Strecke war und dabei, wenn möglich, auch beim Benzinverbrauch noch einen sehr guten Schnitt herausfuhr. »Schnelligkeit« beinhaltete dabei immer zwei wichtige Aspekte: zum einen natürlich die Fahrgeschwindigkeit, das Tempo. Zum anderen die gesamte Fahrdauer einer Strecke von A nach B. Letzteres war allerdings noch abhängig von anderen Faktoren als der Fahrgeschwindigkeit, denn unter Umständen musste ja zwischendurch angehalten werden, weil das Auto Benzin brauchte oder weil einer der Insassen auf die Toilette musste (*was für Fahrer wie Tom schon ärgerlich genug war*) oder gar noch Essens- oder Trinkwünsche hatte (*eigentlich nicht akzeptabel*). Tom war auf dieser Heimreise sowieso schlecht gelaunt, weil er sich am letzten Urlaubstag trotz Urlaub stundenlang mit einem Lieferanten hatte auseinandersetzen müssen, was seinen Erholungseffekt auf ein Minimum hatte schrumpfen lassen. Er brauste also durch die ligurischen Serpentinen, dass es mir schon ganz schlecht wurde, und nahm den San Bernardino im Rennfahrer-Stil. Als wir in der Schweiz angekommen waren, fragte ich untertänigst, ob es denn möglich wäre, mal kurz anzuhalten, ich müsste dringend aufs Klo (Ich hatte im Übrigen bereits seit kurz nach der Abfahrt gemusst, aber schon so lange wie möglich ausgehalten). Es war wie erwartet: »Das darf doch nicht wahr sein, jetzt müssen wir auch noch anhalten, muss denn das jetzt sein, wo wir gerade so gut vorankommen.« Cholerisch und aufbrausend wie immer reagierte Tom auf mein aus seiner Sicht abstruses Ansinnen.

»Ich werde ja wohl mal aufs Klo gehen dürfen«, kreischte ich gereizt – und von seiner Haltung überreizt – los. »Das kotzt mich echt an, dass du dich im Auto immer so aufführst! Es ist doch nun wirklich scheißegal, ob wir jetzt eine Stunde früher oder später ankommen. Das ist ja total pubertär, dein Verhalten …«, ich war völlig entnervt.

Scharf und mit viel zu hohem Tempo nahm er die Kurve in die Ausfahrt *Heidiland* und hielt mit quietschenden Bremsen an der ersten freien Zapfsäule.

»Wenn ich jetzt schon anhalten muss, weil du schon wieder *(mit Betonung auf »schon wieder«)* aufs Klo musst, dann tank ich wenigstens gleich, sonst muss ich ja noch mal anhalten«, motzte er vor sich hin.

»Ja, das wäre ja auch ganz furchtbar«, konterte ich genervt und verschwand Richtung WC.

Einige Minuten später trat ich wieder ins Freie und sah, dass Tom den Wagen ein Stück vorgefahren hatte, die Motorhaube offenstand und er mit dem Serviceheft in der Hand wild gestikulierend telefonierte. *Was war jetzt?* Mir schwante nichts Gutes und ich sah sofort, dass Tom auf weit mehr als 180 war. Er sah mich und ging sofort auf mich los: »Das haben wir jetzt davon. Nur weil du ständig aufs Klo musst, sitzen wir jetzt hier fest.« Logisch, dass alles meine Schuld war.

»Was ist denn los?«, fragte ich verwirrt.

»Was los ist? Das kann ich dir sagen, was los ist! In der Zapfsäule war gar kein DIESEL, sondern SUPER, und das habe ich jetzt getankt. Weißt du, was das heißt? Wir können so keinen Meter weiterfahren, sonst ist der Motor nämlich im Arsch. Das SUPER muss aus dem Tank **abgepumpt** werden.« Tom war in absoluter Rage.

Ich kannte mich ja nicht so gut mit Autos aus und konnte mir gar nicht vorstellen, dass das so ein Problem war, wenn man mal das falsche Benzin reintankte. Ich drehte mich zur fraglichen Zapfsäule um, die in großen Lettern mit SUPER beschriftet war.

»Aber da steht doch drauf, dass das eine SUPER-Zapfsäule ist, und keine DIESEL.« Ich verstand nicht ganz, wo das Problem gewesen war. Zuerst hatte ich gemeint, aus der Zapfsäule sei das falsche Benzin gekommen, aber so war es ja offenbar nicht. Vielmehr hatte Tom einfach an der falschen Zapfsäule gehalten.

»Ja und?«, blökte mich Tom an. »Hab ich das vielleicht gesehen? Nein, habe ich nicht! Ich bin natürlich davon ausgegangen, dass in der ganzen Reihe DIESEL-Zapfsäulen sind und nicht auf einmal einer mit SUPER da steht.« *Natürlich war es immer die Schuld von irgendetwas oder irgendjemand anderem. Nie seine eigene.*

»Nur weil ich wegen dir schon wieder anhalten musste, sitz ich jetzt hier total in der Scheiße, am Arsch der Welt, und komm nicht mehr weiter.« Er brüllte mich und die Zapfsäule lautstark an.

»Entschuldigung, das ist doch wohl nicht meine Schuld, wenn du zu doof bist, das richtige Benzin in deine Scheißkarre reinzufüllen.« Ich war mittlerweile ebenfalls auf 180 und brüllte zurück.

Die meisten Besucher der Tankstelle bekamen das Geschrei natürlich mit, blieben stehen, schauten uns an und fingen an zu tuscheln. *Großartig. Das war ja gar nicht peinlich.*

»Und was machen wir jetzt?«, zischte ich mit gesenkter Stimme.

»Was wir machen?«, Tom brüllte weiter.

»Pst, nicht so laut! Es schauen schon alle.«

»Na und, das ist mir doch egal.«

»Mir aber nicht.«

Es ging hin und her.

Ich entnahm Toms Gebrüll, dass man also allen Ernstes das Auto nun komplett ausladen und auseinandernehmen musste, weil, um an den Tank zu kommen, man nämlich den Rücksitz ausbauen musste. Es gab keine andere Möglichkeit. Er hatte sowohl mit dem Hersteller des Wagens als auch mit dem ADAC bereits gesprochen, die ihm alle das Gleiche erklärt hatten: Auto sofort stehen lassen, keinen Meter weiterfahren. Wenn der Tank voll mit dem falschen Kraftstoff war, würden wir sicher nicht weit kommen, bis der Motor im Eimer war, und das kostete dann richtig Geld.

Wir warteten also zunächst etwa eineinhalb Stunden, bis ein gemütlicher Schwizer mit seinem Abschleppwagen angetuckert kam, um das Auto und uns zur nächsten Werkstatt zu bringen, damit man dort den Tank auspumpen und den Wagen neu betanken konnte. Mit DIESEL.

Ich nahm das Gefährt des Abschleppers in Augenschein und meinte: »Also, wo das Auto hinkommt, ist mir klar. Aber wo sollen wir mitfahren?« Ich zeigte auf Tom, Cliff und mich. Der Abschlepper folgte meinem Blick und – so viel verstand ich auf Schwizerdütsch – antwortete: »Sie beide da drobe«, er deutete auf die Fahrerkanzel, »abr da Hund kann nicht mit.«

»Was heißt denn, der Hund kann nicht mit. Der Hund muss natürlich mit!« Genau das hatte ich erwartet.

»Ja, aber nicht mit meinem Wagen«, meinte der Schweizer gelassen. Der Typ ließ sich nicht aus der Ruhe bringen.

»Ja, wo soll er denn dann mitfahren, bitteschön?« Ich versuchte, mich zu beherrschen.

»Setzen Sie ihn doch in Ihr Auto, dann laden wir das Auto mit dem Hund drin hinten auf und er wird mit abgeschleppt.« Das war ein ernst gemeinter Vorschlag von ihm, der allerdings für einen Hundefreund wie mich völlig inakzeptabel war.

»Das kommt ja überhaupt nicht infrage. Eher bleibe ich mit dem Hund so lang hier stehen, bis das Auto zerlegt, ausgepumpt und wieder zusammengebaut ist.« Auch diese »Drohung« beeindruckte ihn nicht.

Die nächsten fünfeinviertel Stunden saß ich also mit Cliff am Rastplatz *Heidiland* und schaute in die Röhre. Als wir endlich die Heimreise weiterführen konnten, war Toms Laune unterirdisch und ich heulte stundenlang vor mich hin. Der Einzige, der sich von der Episode gewohnt stoisch und unbeeindruckt gab, war Cliffi.

Ich bestätigte mir beim Gedanken an diese Urlaubsepisode selbst zum wiederholten Male, dass ich mit der Trennung von Tom recht hatte: Seine Wutanfälle hatten mich schon viel zu oft in helle Aufregung versetzt und ich war mitunter bereits in Panik gewesen, wenn ich nur befürchtete, dass neues Unheil drohte, weil ihm wieder etwas gegen den Strich ging. Nicht, dass er jemals gewalttätig war, aber seine Wutanfälle und daraus hervorgehenden Verbalattacken waren einfach Gift für die empfindsame Seele einer im Sternzeichen Krebs Geborenen wie mich.

Andererseits: Vielleicht hätte ich auch einfach versuchen müssen, mit seiner Art viel gelassener umzugehen, wenn ich ja schon wusste, wie er tickte. Ich hatte nie einen Weg gefunden, seinen wachsenden Unmut im Keim zu ersticken und jähzornige Ausbrüche zu vermeiden. Bis heute wusste ich nicht, wie man Tom beruhigen konnte, wenn die Stimmung zu kippen drohte. Es war vielmehr immer so gewesen, dass sich die Situation gegenseitig aufgeschaukelt hat, weil ich mich sofort mindestens genauso aufgeregt hatte wie er. Aber das zeigte ja wieder, dass es einfach nicht gepasst hatte mit uns.

12

Tief in meine Gedanken versunken gondelte ich gemütlich am Lago di Locarno vorbei. Es war mittlerweile kurz nach Mittag und wenn es so weiterlief, würde ich nachmittags bereits in Sestri Levante ankommen. Das *Castello* war eines der wenigen Hotels, das an der Riviera Ligure ganzjährig geöffnet war und ich hatte mir kurzfristig per E-Mail ein Zimmer gebucht. Diesmal für eine Person. Das historische Schloss erhob sich würdevoll auf einem hohen Felsvorsprung über der Bucht von Sestri Levante. Bereits von der Uferpromenade sah man das anmutige Bauwerk, das man nur über einen mit Pflastersteinen versehenen, schmalen Burgberg erreichen konnte. Durch einen großen Torbogen gelangte man in den Innenbereich des Schlosses, in dem sich linker Hand das Hauptgebäude sowie einige kleinere Nebengebäude befanden. Auf der rechten Seite tat sich ein bahnbrechender Blick über die Bucht von Sestri Levante auf. Wenn man dann durch das Hauptgebäude durchging, gelangte man in die terrassenförmig angelegten Schlossgärten auf der anderen Seite des Hügels. Über einen schmalen Weg sowie einen altertümlichen Lift, der an frühe James-Bond-Filme erinnerte, erreichte man von dort die hoteleigene Strandbucht. Es war wie eine Filmkulisse, die sich jedes Mal darbot, wenn man das massive Einfahrtstor des Castello passierte. Ich kam an und fühlte mich sofort zu Hause. Wie immer hatte ich nach Zimmer 203 gefragt, einer kleinen, mit antiken Möbeln und Gemälden eingerichteten Suite, die über eine wunderschöne Loggia verfügte, von der aus man einen atemberaubenden Blick über das Ligurische Meer hatte. Die Concierge am Empfang kannte ich bereits seit Jahren, kein Wunder also, dass sie sich als erstes nach

Tom erkundigte. »Come sta il Signor Tom?«, fragte sie mit einem herzlichen Lächeln. »Tutto bene?«

»Sì, sì, tutto bene«, antwortete ich lakonisch. Auf weitere Erklärungen hatte ich nun wirklich keine Lust.

»Können Sie mir bitte für heute Abend einen Tisch im Restaurant reservieren?«, fragte ich Paola freundlich. Essen und Trinken hält schließlich Leib und Seele zusammen und dieses Motto galt für (Ex-)Gastronomen umso mehr.

»Fur eine Person?«, fragte sie auf Deutsch mit ihrem charmanten italienischen Akzent.

»Ja, einen Tisch für eine Person«, bestätigte ich und lächelte matt.

Ich ging auf mein Zimmer und setzte mich auf die Veranda. Die Sonne stand hell leuchtend über dem Meer und obwohl es kalt war, wärmte sie mich mit ihren winterlichen Strahlen. Traumhaft. Ich war sehr froh, hier zu sein. Ich hoffte, nach den ereignisreichen letzten Tagen und Wochen nun endlich etwas zur Ruhe zu kommen und mir darüber klar zu werden, wie ich von nun an weitermachen würde. Ich saß noch einige Zeit auf meinem Balkon, trank einen Aperitif aus der Minibar und machte mich dann langsam für mein Dinner im hoteleigenen Restaurant fertig.

Gegen acht ging ich hinunter und gelangte über den Vorhof zum Restaurant, das in einem der flachen Nebengebäude untergebracht war. Auch der Kellner kam mir bereits bekannt vor. Ich wurde freudig begrüßt und an einen schönen, kleinen, runden Tisch mit Ausblick auf das Meer geführt. Das Restaurant war ebenfalls terrassenförmig angeordnet und hatte insgesamt drei Ebenen. Auf der untersten Ebene reichten die Tische bis ganz vorne an das Panoramafenster, das einen beeindruckenden Blick auf die Bucht und das Meer freigab. Wie erwartet war sehr wenig Betrieb und abgesehen von einem britischen, etwas streng blickenden Ehepaar und einigen Amerikanern war das Restaurant leer. Ich bestellte Antipasti, Pasta und einen Hauptgang *(einen Steinbutt, ganz wie ihn Tom bei uns im Restaurant immer zubereitete)* – wie man das als guter Gast eben so machte. Wein? *Ja bitte, am besten den Jerman, wie immer.*

Ich saß da und genoss ein fantastisches Essen, einen grandiosen Ausblick, hervorragenden Wein. Zu meiner eigenen großen Enttäuschung allerdings gelang es mir nicht, mich wirklich wohlzufühlen. Ich war gekommen, um meine neue Lebenssituation zu ergründen, meine Freiheit zu erleben und für mich selbst zu verstehen, was ich daraus Gutes machen konnte. Ich wollte nach vorne blicken, Pläne schmieden, mein Leben neu erfinden, mein Dasein neu ausrichten. Aber irgendwie gelang all das nicht. Stattdessen saß ich an meinem Tisch, blickte aufs Meer und fühlte … Sehnsucht. Und es war nicht nur die Sehnsucht nach der Gegenwart einer Person, die es immer aufs Trefflichste geschafft hatte, mich zum Lachen zu bringen und spaßig zu sein. Es war Sehnsucht nach viel mehr. Es war eine bohrende Sehnsucht nach Gemeinsamkeit. Nach einem WIR, das immer zusammenhielt, egal was kam. Die Sehnsucht nach Familie – nach dem, was für mich Familie war. Die Sehnsucht nach gemeinsam Erlebtem, nach stummer Übereinstimmung, wortlosem Verstehen. Nach Großmut, Großzügigkeit und Toleranz. Nach all dem, was meine Werte waren und nach dem, wie diese Beziehung es geschafft hatte, sie zu verkörpern. Ich hatte Sehnsucht nach Tom.

Da konnte man natürlich jetzt sagen: Das ist ja bescheuert, das kann man sich doch vorher überlegen, oder?

Nein, das konnte man sich vorher eben nicht überlegen. Es gab einfach Situationen im Leben, die einem ausweglos erschienen, in denen man überfordert, irritiert, abgelenkt oder sonst etwas war und die dazu führten, dass man das Substanzielle unter einem Berg von Problemen nicht mehr klar erkennen konnte. Und im Versuch, sich von diesen Problemen zu befreien, musste man seine Situation eben erst einmal fundamental ändern. Man musste sich Abstand verschaffen und aus dem Korsett des Alltags befreien, um wieder agieren zu können. Man brauchte Freiraum, Zeit und Gedanken, um Klarheit zu erlangen, Prioritäten zu erkennen und neue Energie zu bekommen. Es war wie ein klärender Reinigungsprozess, den man durchlaufen musste, um am Ende wieder sicher zu wissen, was man wollte und was das Wichtigste für einen war. Insofern waren die letzten Wochen zum Teil sicher nicht glorreich gewesen, aber eben wichtig, um mich selbst wieder auszurichten und in die richtige Spur zu bringen.

Die Frage war nun aber: War es wirklich eine realistische Option, zu Tom zurückzukehren? Sollte ich mich wie gehabt in die gleiche Tretmühle hineinbegeben, aus der ich verzweifelt versucht hatte, auszubrechen? Eins war klar: Der Alltag mit Tom und dem Lokal würde sich im Grunde niemals ändern. Aber vielleicht konnte man wenigstens einige Kleinigkeiten anders gestalten, die insgesamt dann eben doch viel ausmachten und alles zum Guten wendeten. Wenn es ein Zurück geben konnte, dann nur, wenn Tom und ich uns arbeitsmäßig entlasten würden. Das Arbeitspensum war über die Jahre so überbordend geworden, dass man es auf Dauer nicht mehr bewältigen konnte. Das hieße zum Beispiel, wir müssten einen Spüler oder eine Putzhilfe oder einen Beikoch engagieren. War das eine Möglichkeit? Und was war mit Toms Eigenheiten, die das Zusammenleben oft so schwierig machten? Sein Jähzorn, seine Wutanfälle, seine Ungerechtigkeiten – was war damit? Und auch das stand fest: Tom würde sich ebenfalls nicht ändern. Ich musste also entweder einen Weg finden, mit ihm, so wie er war, anders und besser umzugehen oder die Trennung war tatsächlich die bessere Alternative.

Ich verabredete mit mir selbst, dass ich mir Zeit nehmen würde, noch mal über alles nachzudenken und nichts zu überstürzen. Ich hatte vor einigen Wochen aus voller Überzeugung entschieden, mich zu trennen, und das sicher nicht ohne Grund. Wenn nach längerem Überlegen und einigem Abstand sich die Dinge beruhigen würden und ich tatsächlich eine Möglichkeit sah, die Ehe zu retten, dann konnte man darüber sprechen. Aber übereilen würde ich nichts.

Tags drauf ging ich nach dem Frühstück in den malerischen kleinen Ort hinunter. Ich verließ den Vorhof des Hotels, ging durch das majestätische Eingangstor des Schlosses und machte einige Schritte in den angrenzenden Gärten mit ihren altertümlichen Mauerruinen, von denen aus man nach allen Seiten auf das Meer und die Strände rund um Sestri Levante blicken konnte. Die begrünten Felswände fielen steil nach unten ab, hin zu einem engen Streifen hellen Sandstrands, der sich an manchen Stellen zu einladenden Buchten ausweitete, die man zum Teil nur vom Wasser aus erreichen konnte. An anderen Stellen glitten die Steilwände direkt ins Meer hinein und die tosenden Wellen brachen sich lautstark an ihren Enden. Allein dieser Anblick stimmte mich froh und beruhigte mich. Der Burgberg führte linker Hand steil nach unten, direkt zum Marktplatz von Sestri Levante, wo reges Treiben herrschte und sich Geschäfte, Restaurants und Bars aneinanderreihten. Wenn man den kleinen Platz überquerte, gelangte man direkt zur Uferpromenade und zum Strand. Im Gegensatz zur Sommersaison, wenn die Strände mit Liegen, Sonnenstühlen und -schirmen vollgestellt waren, ergab sich jetzt eine weite Sandfläche, die ruhig und beschaulich in der Wintersonne zu schlafen schien. Erst im Frühjahr würde hier wieder ein reges Treiben erwachen und Menschen jeden Alters und jeder Nationalität würden das kleine Landstück lautstark bevölkern.

Ich ging an der Strandstraße entlang und ertappte mich dabei, wie ich anfing, im Geiste Zwiegespräche mit Tom zu führen. Ich dachte darüber nach, was wir jetzt wohl machen würden, wenn wir zusammen hier wären. Was er sagen würde, was er als nächstes tun wollte (*natürlich Prosecco trinken*), wohin wir gehen würden. Ich war mittlerweile so gepolt auf unser gemeinsames Leben, dass ich gar nicht mehr anders konnte, als automatisch die Dinge zu tun, die wir seit Jahren zusammen getan hatten. Vor meiner Ehe mit Tom hatte ich kaum Alkohol getrunken, war tagsüber, wenn ich freie Zeit hatte, immer viel mit dem Hund oder beim Sport unterwegs gewesen und war relativ zeitig zu Bett gegangen. Mit Tom und dem Lokal hatte sich mein gesamter Lebensrhythmus total verändert: Tagsüber wurde das Lokal vorbereitet und Erledigungen gemacht, abends war Hauptarbeitszeit, später aß (und trank) man danach noch etwas und ging noch viel später erst zu Bett. Alkohol ist in der Gastronomie wie das Salz in der Suppe – kaum vorstellbar, ein Dasein als antialkoholischer Gastronom zu führen, auch wenn es angeblich welche davon geben soll. Wahrscheinlich musste man auch irgendwann die Notbremse ziehen, wenn man mit 50 in der Gastronomie nicht schon völlig am Ende sein wollte, aber diesen Punkt hatte Tom noch nicht erreicht.

In alter Gewohnheit ging ich also zu dem Fischrestaurant, in dem wir oft gewesen waren und guckte von außen durch die Scheibe. Verlassen lagen Stühle und Tische im Dunkeln, die Vitrinen waren leer geräumt, die Weinregale nur halb voll. An der Seite stand eine kleine Tür offen, die als Lieferanteneingang diente. Ich spitzte hinein. Eine ältere Signora stand mit einem Besen im Hausgang und fegte den Boden. Sie blickte auf, lächelte mir zu und grüßte freundlich.

»Buongiorno«, erwiderte ich ihren Gruß, ebenfalls lächelnd. Sie war höchstens 1,50 Meter groß, ganz dünn und hatte ihr graues Haar zu einem Knoten gebunden. Ich schätzte sie auf mindestens 75 Jahre und war gerührt, wie sie ihrem Alter trotzte und akribisch jedes Staubkorn aus dem Hausflur hinwegbeförderte.

Ich wollte wissen, wann das Restaurant wieder öffnete und frage sie mit meinem bescheidenen Schulitalienisch: »Scusi, Signora, quando riapre il ristorante?«

»Ah, mi dispiace moltissimo, Signora, ma non si sa ancora. Sa, è successo veramente una grande tragedia, la Signora Ronchi, la proprietaria del ristorante, ha avuto un incidente. Probabilmente non può ritornare a lavoro qui in ristorante …«

Ich verstand, dass die Inhaberin des Lokals wohl einen Unfall gehabt hatte und das Restaurant möglicherweise nicht mehr weiterführen konnte. Es war wohl so, dass sie das Lokal mit ihrem Bruder zusammen betrieben hatte, der aber auch schon um die 60 war und die ganze Arbeit auf keinen Fall alleine stemmen konnte. Sie wollten nun versuchen, jemanden zu finden, der ihm zur Seite stehen konnte und ihn bei den Arbeiten im Lokal unterstützen würde. Sie mussten also erst sehen, wie alles weiterging.

Ich sagte ihr, dass es mir sehr leidtat, das zu hören. Ich erzählte ihr, dass ich selbst in Deutschland ein Restaurant hatte und gut nachempfinden konnte, was das für eine absolute Katastrophe war, wenn jemand, vielleicht sogar auf Dauer, ausfällt. Ich merkte, wie sehr ich mich immer noch mit *unserem* (eigentlich ja nun Toms) Lokal identifizierte. Es war nicht nur sein, sondern auch mein Lebensinhalt geworden.

Die alte Dame meinte, sie würde versuchen, wenigstens das Nötigste im Restaurant zu tun, um es in Schuss zu halten, solange die Situation so unklar wäre. Ihre Nichte, die verunfallte Dame, habe immer ihr ganzes Herzblut in das Restaurant gesteckt und es wäre so ein Jammer, wenn alles, was sie aufgebaut hatte, zugrunde ging …

Ja, das konnte ich gut nachempfinden, wusste ich nur zu gut, was Tom, aber auch ich, in zehn Jahren in das Restaurant investiert hatten. Es war wirklich nicht nur eine Arbeit oder etwas, mit dem man Geld verdiente, es war ein Lebensinhalt, an dem das ganze Herz hing. Nicht nur Tom, sondern auch ich hatten in all den Jahren so viel Leidenschaft für das Restaurant entwickelt, hatten mit viel Akribie und Eifer auf jedes Detail geachtet – sei es in der Küche, im Gastraum oder im Service. Wir hatten uns gestresst, geplagt, gefreut und über alle Maßen engagiert. Es gab kaum etwas, das wir beide nicht für das Restaurant getan hätten. Das Restaurant war unser Leben gewesen.

Und während ich meinen Gedanken nachhing, wurde mir überdeutlich, wie viel mir das Restaurant bedeutete. Wie ich mit Leib und Seele daran hing, wie ich es liebte, es hegen und pflegen wollte wie meinen eigenen Augapfel. Wie ich es verteidigte gegen Böses – seien es böse Gäste, böse Konkurrenten oder böse Zungen. Ich hatte dringend eine Auszeit gebraucht, das war sicher. Aber wenn die Auszeit vorüber sein würde, konnte es dann überhaupt wieder ein Leben mit »unserem« Lokal für mich geben?

Sicher hatte ich mich im ersten Moment befreit gefühlt, als ich wusste, ich muss eben nicht mehr jeden Tag schuften, vorbereiten, funktionieren. Erst der Abstand und die Pause hatten es mir ermöglicht, die Dinge wieder neutral zu betrachten und auch in Bezug auf das Lokal Klarheit zu erlangen. Nun, gerade nach meinem Gespräch mit der Signora wusste ich, das Lokal ist mein Platz. Ich wollte nirgends anders sein, ich wollte mich um nichts anderes kümmern. Die gleichen Gedanken, die ich auch in Bezug auf die Beziehung mit Tom hatte, trafen im Prinzip genauso auf das Lokal zu: Wir mussten den Alltag nur anders gestalten, die Arbeitslast etwas erleichtern, dann könnten wir erneut starten und die Herausforderungen bestimmt leichter annehmen.

Ich verabschiedete mich von der Signora und schlenderte weiter Richtung Hafenmole. Ich war so erleichtert, so glücklich, dass mir in der kurzen Zeit in Italien so viele Dinge so viel klarer geworden waren. Dass ich nun endlich den Abstand gefunden hatte, den ich gebraucht hatte. Dass ich sowohl meine Ehe wie auch mein Dasein als Gastronomin ganz sachlich und gelassen betrachten konnte und mir die Wertigkeit von beidem unzweifelhaft bewusst geworden war. Zum ersten Mal seit vielen Jahren hatte ich das Gefühl, dass ich wieder souverän war, über den Dingen stand und alles in der Hand hatte. Und mit dieser Haltung war ich dem Leben mit Tom und dem Lokal auch endlich wieder gewachsen. Der Reifungsprozess, den ich durchlaufen hatte, hatte mir nicht nur Gelassenheit und Souveränität verliehen, sondern auch den Spaß und die Begeisterung an beidem wieder zurückgebracht. Das hatte ich ganz deutlich im Gespräch mit der alten Dame gefühlt: wie ich immer noch an meinen Lieben hing, und damit meinte ich in diesem Falle sowohl Tom wie auch das Lokal.

Ich war geradezu beflügelt von meinen neuen Einsichten und schwebte leichtfüßig dem hinteren Eingang des *Castello* entgegen, der sich weit draußen auf der Landzunge Richtung Hafenmole befand. Man konnte das Hotel von hier aus durch einen schmalen Gang betreten, der ins Innere des Felsens geschlagen worden war und zu einem zweiten Außenaufzug im Inneren des Berges führte. Man betrat den Gang durch ein schmiedeeisernes Tor, an dem man mit einer Klingel bei der Rezeption läuten konnte, die einem daraufhin öffnete.

Nach etwa 20 Metern Weg in einer mystischen, kühlen und sehr feuchten Grotte erreichte man den Lift. James Bond ließ auch hier wieder grüßen. Für mich war das *Castello* ein magischer, verzauberter Ort, der mich erdete und zentrierte. Was ich hier empfand, war echt. Das spürte ich durch und durch. Umso wichtiger schien es mir, all dem, was ich hier empfand und als gut und richtig erachtete, auch zu folgen!

13

Mein Entschluss war in einigen Tagen in Italien gereift und ich war sicher, ich wollte zu Tom, meinem alten Leben und unserem Restaurant zurück. Sicher würde mein Mann im Moment Tag und Nacht in seinem Restaurant werkeln, wahrscheinlich sogar oben im zweiten Stock im Büro übernachten.

Am nächsten Tag beschloss ich daher, mir im Hotel einen schönen Platz in der Bar zu suchen und mir nicht nur einige Gedanken in Bezug auf meine Rückkehr zu Tom zu machen, sondern diese auch zu Papier zu bringen. *Mise en place ist das halbe Leben*, wie Tom immer zu sagen pflegte, soll heißen: Gute Vorbereitung ist das A und O. Das galt sicher auch für eine so wichtige Entscheidung wie die, seine Beziehung reparieren zu wollen. Und ich wollte meine Rückkehr in meine Ehe wirklich gut vorbereiten. Was konnte einem da besser helfen, als sich alles, was einem in dem Zusammenhang wichtig erschien, zu notieren? Ich war sicher, das würde mir Klarheit und Überblick verschaffen und mich wappnen für meine Rückkunft nach Deutschland.

Ich ging also nach unten in die Hotelbar, setzte mich an einen der runden Mahagonitische am Panoramafenster und machte es mir in dem dunklen Klubsessel bequem. Ich blickte aufs Meer hinaus, das heute stürmisch und aufgewühlt war und mit riesigen, dunkelblauen Wellen wie eine Art gigantischer Schlund wirkte, der mit Tausenden von Zungen das Land zu verschlucken suchte. Ich bestellte mir eine Flasche Prosecco (der Tag war ja noch jung und ich hatte viel vor) und ein Mineralwasser. Der Kellner war weibliche Kundschaft wie mich offenbar nicht gewohnt – oder er war neu – denn er fragte zweimal nach, ob ich denn tatsächlich eine ganze Flasche Prosecco haben wollte. *Ganz schlecht – man darf dem*

Gast nie ein mieses Gefühl geben. Setzen, sechs. Aber ich wusste ja nur zu gut, dass es wirklich ein leidiges Thema war, gutes Servicepersonal aufzutreiben … Egal, ich machte mich ans Werk und dazu wurde mir dann auch tatsächlich meine Flasche Prosecco – man halte es nicht für möglich – sogar mit einem Lächeln kredenzt. *Na also, geht doch.*

In den folgenden Stunden versuchte ich, ganz genau zu analysieren, welches die Dinge waren, an denen ich letztlich gescheitert war und die mich schließlich zur Trennung bewegt hatten. Das waren zum einen sicher ganz persönliche Facetten von Tom, bestimmte Charakterzüge und Eigenheiten, mit denen ich nicht zurechtgekommen war und die immer wieder zu Problemen und Streit geführt hatten. Andererseits ging es aber auch um viele praktische Dinge des täglichen Arbeitsalltags, für die Abhilfe geschaffen werden musste, wenn es im Zusammenleben und -arbeiten mit Tom gut weitergehen sollte. Da die praktischen Dinge sicher noch einfacher in den Griff zu bekommen waren als die persönlichen, beschloss ich, mir zunächst dazu intensive Gedanken zu machen und mir zu überlegen, wie man die praktischen Probleme realistischerweise in den Griff bekommen konnte. Da ich durchaus fand, ich müsste auch mich und mein Tun in meiner Ehe kritisch hinterfragen und gegebenenfalls verbessern, überlegte ich zuerst: Was konnte ich selbst dafür tun, dass der Restaurantarbeitstag etwas weniger stressbehaftet und konfliktträchtig ablief? Das Wichtigste war eigentlich, dass man immer darauf achten musste, zeitlich nicht ins Hintertreffen zu geraten. Vorbereitungen im Service sowie Mise en place in der Küche mussten unter allen Umständen um 18 Uhr stehen. Nur allzu oft hatte es Tage gegeben, an denen Tom am Abend alles à la minute hatte kochen müssen, komplett ohne Vorbereitung. Ein Serviceausfall, eine kaputte Kühlung, falsche Lieferungen, Verkehrsstau, anders als geplant verlaufende Einkaufstouren, wichtige Angelegenheiten bei Finanzamt, Bank, Steuerberater oder sofort zu zahlende Rechnungen – es gab Millionen von Gründen, warum es auf einmal 18 Uhr geworden war und man sich den ganzen Tag mit unvorhergesehenen Dingen hatte beschäftigen müssen, die einen davon abgehalten hatten, sich um das Kerngeschäft zu kümmern. Und dann musste alles nach Bestellung auf den Punkt gekocht werden – ganz ohne oder nur mit einem Minimum an Vorbereitung. Und das endete meist im Fiasko: Tom war dann verständlicherweise derart unter Druck, dass er fast explodierte und schon in die Luft ging, wenn man einen Tisch abrief oder eine neue Bestellung in die Küche brachte. Er schimpfte an solchen Abenden ununterbrochen vor sich hin, fuhr jeden an, der in die Nähe seiner Küche kam – mich inbegriffen – und nicht selten feuerte er Kochutensilien quer durch den Küchenbereich. Natürlich blieb ein derartiges Chaos auch den Gästen nicht verborgen. Für manche hatte das in der Tat allerdings einen enormen Unterhaltungswert. Es gab durchaus Gäste, die ihre Tische immer extra deswegen im Erdgeschoss reservierten, weil da immer so viel »Action« war. Und je mehr, desto besser. Am liebsten wäre es ihnen gewesen, sie würde mal so einen richtig handfesten Ehekrach mitbekommen *(private Zwistigkeiten sind doch immer ein gefundenes Fressen, über die es sich trefflich tratschen lässt)* oder gar eine Rauferei. Soweit war es zwar noch nie gekommen, aber die ein oder andere grenzwertige Szene hatte sich durchaus schon abgespielt. Als Mitarbeiter oder Ehefrau sollte man an solchen Abenden besser komplett in Deckung gehen, was natürlich nicht möglich war, denn trotz allem mussten ja Küche und Service irgendwie Hand in Hand arbeiten und dazu auch kommunizieren.

Kommunikation – das war ein weiterer ganz wichtiger Punkt *(notieren!):* Tom stand immer im Erdgeschoss in seiner offenen Showküche, werkelte vor sich hin und hatte überhaupt keine Ahnung, was im Gastraum im ersten Stock vor sich ging. Das war für ihn, der er den ganzen Abend in der Küche sein und kochen musste, ein Buch mit sieben Siegeln. Er war darauf angewiesen, dass der Service sein Sprachrohr mit dem Gast war, dass der Service es schaffte, ein Bindeglied zu sein und optimal zwischen Gast und Küche vermittelte. Nur allzu oft hatte ich erlebt, dass Tom komplett aus dem Gleichgewicht geriet, weil er überhaupt nicht einschätzen konnte, was »da oben« abging, wie er es immer formulierte. Er musste wissen, wie die Gäste drauf waren, welche Stimmung oben herrschte, wann der nächste Gang geschickt werden sollte und – ganz wichtig – ob die Gäste zufrieden und glücklich waren. Wenn man Tom allerdings im luftleeren Raum hängenließ und ihm keine Informationen über seine Gäste gab, wurde er unruhig, unsicher und ungehalten.

Allein aus diesen beiden Gedanken konnte ich mir eine ganze Liste mit To-dos – für mich oder andere – schreiben, die helfen sollten, die Abläufe im Lokal noch besser zu managen.

Für mich nahm ich mir vor allem folgende Punkte vor:

- Fixe und regelmäßige Besprechungstermine mit allen Geschäftspartnern, sodass man an allen Fronten auf dem Laufenden war und nicht überrascht werden konnte. Darunter fielen sowohl Lieferanten wie auch Banken, Verpächter, Steuerberater oder, wenn's sein musste, auch das Finanzamt
- Wareneingänge würde ich in Zukunft selbst kontrollieren
- Buchhaltung würde ich komplett übernehmen (nicht nur teilweise, wie bisher)
- E-Mail-Anfragen würde ich komplett übernehmen und beantworten
- Tägliches Briefen des Services (auch in Bezug auf den

Austausch mit der Küche!) – es half ja nix, auch wenn Kellner bereits jahrelang da waren: Man musste gebetsmühlenartig immer wieder das Gleiche erzählen und auf alles hinweisen, als hätten die Leute selbst kein Gehirn und keine Augen im Kopf

- Menübesprechungen und Veranstaltungsplanung hatte ich sowieso sehr oft übernommen, und würde ich in Zukunft noch stärker wahrnehmen

Ich hielt inne und betrachtete das bislang Notierte. Hm, nach Entlastung für mich sah das aber gar nicht aus, ganz im Gegenteil, das sah eher so aus, als würde ich noch mehr übernehmen müssen, sollte der Arbeitsalltag im Lokal runder laufen. Und das tat er dann, wenn Tom sich völlig auf das Kochen konzentrieren konnte. Das aber wiederum hieß, dass andere – vor allem ich – ihn entlasten mussten …

Ich glaubte nicht, dass meine Ideen bereits der Weg zur Glückseligkeit waren. Es ging ja eher darum, uns beide zu entlasten. Welche Punkte gab es also, um auch mich zu entlasten?

Da fiel mir allerdings auch viel ein:

- Spülkraft (im Lokal)
- Putzkraft (im Lokal)
- Putzkraft (zu Hause!)
- iPad, damit ich von unterwegs / zu Hause Mails bearbeiten konnte
- Dieser schicke, britische Sportwagen, den ich schon so lange haben wollte – damit ich ein schnelles Auto hatte, das mich noch schneller von A nach B bringen konnte *(kleiner Scherz, aber auf die Wunschliste kann's ja mal drauf …)*

Ich legte den Stift zur Seite und stellte fest, dass meine Analysen doch recht anstrengend waren. Eine kleine Stärkung würde jetzt nichts schaden. Ich machte mich also auf, fuhr mit dem James-Bond-Aufzug nach unten an die Hafenstraße und ging zielstrebig zu einem kleinen ligurischen Lokal, das ich mit Tom schon häufig besucht hatte. Das Restaurant bestand aus einem Ausflugsboot, das man zum Gastraum umfunktioniert hatte und das seit vielen Jahren an der Mole von Sestri Levante lag. Ich bestellte mir einen schönen Weißwein, Spaghetti al Pesto – eine absolut göttliche ligurische Spezialität, mit Basilikum, Olivenöl und Pinienkernen – und danach noch einen kleinen Fisch.

Der Kellner war ein kleiner, behender Italiener von etwa 50 Jahren, der schon seit ewigen Zeiten zum Inventar des Lokals gehörte. Er grinste mich an und meinte: »Ah, Signora, sind Sie dieses Mal alleine hier?« Ohne meine Antwort abzuwarten fuhr er fort: »Na, ich habe mir das letzte Mal schon gedacht, so glücklich sehen Sie irgendwie nicht aus. Und dann habe ich noch Ihren Mann mit dieser jungen, rothaarigen Signorina gesehen ...«

Was hatte er? Er sprach so schnell und ohne Punkt und Komma, dass ich gar nicht dazu kam, einzuhaken.

»... normalerweise sind ja immer Sie mit dabei, ich kenne Sie und Ihren Mann ja nur zusammen – immer zusammen, immer miteinander. Da fällt das natürlich schon auf, wenn auf einmal jemand mit einer anderen Person unterwegs ist ...«

Das genügte jetzt aber. Ich wusste schon, von wem er sprach (absolut harmlos, ein Gast von uns, der letztes Jahr zur selben Zeit an der Riviera urlaubte), aber das war genau das, was man in der Gastronomie wirklich niemals machen durfte: Indiskretionen ausplaudern. Es war ein eisernes Gesetz, sich grundsätzlich immer vornehm zurückzuhalten, wenn es um das Wer-mit-wem ging. Niemals, aber wirklich niemals, durfte man anfangen, pikante Details aus dem Ehe- oder Beziehungsleben der Gäste auszuplaudern. Wenn sich das rumsprach, konnte man als Wirt einpacken, da kam keiner mehr zum Essen. Wenn sich nun zufällig im Restaurant Exmann und Exfrau trafen, oder Ehemann nebst Geliebter und Noch-Ehefrau oder anders herum, dann konnte man das natürlich nicht ändern. Wobei wir auch in so einem Fall unseren Gästen mitunter einen dezenten Hinweis bei der Reservierung gaben, dass am betreffenden Tag auch noch die bessere (Ex-)Hälfte anwesend sein würde. Wir sind eben immer darum bemüht, mögliche Konfliktherde im Restaurant zu vermeiden. Immer klappt das leider nicht und die schlimmste Episode, die sich in so einem Zusammenhang in unserem Lokal ereignet hatte, hätte uns fast Kopf und Kragen gekostet. Das war mit Abstand der schwärzeste Tag in der Geschichte des Lokals mit einer langen Vorgeschichte:

Es war ziemlich am Anfang unserer Beziehung, sogar unserer Ehe, als eine Gruppe von jungen, schicken und aufstrebenden Angebern (ich nannte sie gerne die charakterlosen Emporkömmlinge) das Lokal für sich entdeckte. Ein Pärchen – Chantal (*sie hieß wirklich so*) und Mattias, genannt Matze, stammten aus Ostdeutschland und waren erst seit gut einem Jahr in der Stadt ansässig. Er hatte ein relativ undurchsichtiges Geschäft, handelte mit Elektrowaren und keiner wusste so genau, woher die kamen und wohin die gingen. Jedenfalls waren Chantal und Matze wild entschlossen, es hier, im Westen, zu etwas zu bringen. Sie taten alles, um rein optisch die Zugangsvoraussetzungen für die Schickeria zu erfüllen: Sie hatte blond gefärbtes Barbie-Haar und bemühte sich nach Kräften, wenig oder noch besser gar nichts zu sich zu nehmen, um Size Zero so nahe wie möglich zu kommen. Und man musste ihr lassen, dass sie ein Gespür für Trends und alles, was angesagt war, gepaart mit einem unermüdlichen Kommunikationsdrang, hatte. Chantal kannte wirklich keine Hemmungen, sich an alles und jeden heranzuwanzen, der aus ihrer Sicht für sie wichtig sein könnte: also Personen mit viel Geld, guter Position, Einfluss – und am allerbesten war natürlich, wenn es keine neureichen Schnösel waren, sondern alter Geldadel. Ich bekam regelmäßig Brechreiz, wenn ich mit ansehen musste, wie sie sich an alteingesessene, finanzielle Schwergewichte ranschmissen und sie förmlich mit ihrem Gesabber vollschleimten wie die Spinne die Fliege. Chantal war das eine – *schon schlimm genug* – aber wer ein absoluter Kotzbrocken war, war Matze. Er war einer von der ganz unangenehmen Sorte: klein, komplexbehaftet, hinterfotzig und verschlagen. Ein Möchtegern der übelsten Art. Er tat nur das, was ihm einen Vorteil einbrachte. Ich fand diesen Typen wirklich abstoßend und durchschaute die beiden vom ersten Moment an. Er wusste das und hasste mich daher ebenfalls. Während Chantal ihm treu ergeben war, nutzte der kleine Aufschneider jede Gelegenheit, mal so richtig die Sau rauszulassen und bestellte sich – gerne zusammen mit seinem best Buddy Tobias – zwei bis zwölf Nutten ins Hotel oder gar nach Hause. Sie waren bekannt dafür, dass sie sich nach reichlich Alkoholgenuss in der Öffentlichkeit absolut indiskutabel benahmen – Champagner verspritzen oder Gläser und Flaschen um sich werfen war da noch das harmlose Programm. Sich von Prostituierten am Tisch einen blasen zu lassen oder sich gerne auch mitten ins Lokal zu erbrechen gehörte leider auch zu ihrem Repertoire an indiskutablem Benehmen. Irgendwann brach in der großen Freundschaft zwischen Matze und Tobias allerdings Eiszeit an. Tobias hatte sich seiner Freundin wieder mal »entledigt«: Nachdem sie ihm zwei Kinder aufgehalst und sich damit seiner sicher gewähnt hatte, schmiss er sie kurzerhand zu Hause raus, als er eines Abends wieder einmal mit einigen Nutten dort auftauchte und sich vergnügen wollte. Chantal, ihrerseits Busenfreundin von Tobias' Freundin, war empört und redete so lang auf Matze ein, bis der sich mit Tobi zerstritt. Funkstille.

Einige Zeit später hatte Tobi an einem Samstag mit fünf seiner Kumpels einen Tisch bei uns im ersten Stock reserviert. Tobi war zwar auch schwierig, aber wenigstens stand er immer zu dem, was er tat. Er hatte seine Firma durch harte, ehrliche Arbeit aufgebaut, was ich durchaus respektierte. Am gleichen Tag hatten allerdings auch Chantal und Matze gebucht (im Erdgeschoss) und wollten mit einem befreundeten Pärchen kommen. Toms dezenter Hinweis auf die Anwesenheit des früheren Freundes interessierte nicht. Also traf am Samstag erst Team Eins mit der Vierer-Paarung im Erdgeschoss ein und fing schon einmal feucht-fröhlich an zu süffeln. Erst Champagner, dann schweren Rotwein. Bereits beim Zwischengang konnte Matze nicht mehr sprechen, sondern grölte nur noch lautstark über den Tisch. Dann traf Team Zwei mit den sechs Buddys ein, geführt von Tobias. Als Matze ihn sah, sprang er mit einem lauten Jauchzer von seinem Platz auf der Bank auf und torkelte zur Tür, direkt in die Arme von Tobias. »Tobi, alter Freund, komm trink was mit uns.«

Tobias wand sich aus der Umklammerung. »Äh, du, nein danke, wir haben oben einen Tisch reserviert.« Und ein Buddy nach dem anderen zog sang- und klanglos an Matze vorbei und sie entschwebten in den ersten Stock.

Was macht nun ein kleiner, geltungssüchtiger Widerling, der sich missachtet und zurückgesetzt fühlt? Er wird noch widerlicher als sonst. Er setzte sich zunächst zurück an seinen Platz, war für einen kleinen Moment sehr schweigsam und man hatte den Eindruck, er brodelte in seinem Inneren. Nach wenigen Minuten fuhr er mit seinem Programm fort, das aus noch mehr Trinken und noch lauterem Grölen bestand. Dann fing er an, wild mit seinem Handy herumzufuchteln und zu telefonieren. Das konnte nichts Gutes heißen. 20 Minuten später war bereits eine Abordnung zu schrill und zu knapp gekleideter Damen vor Ort, die sich zu den zwei Pärchen im Erdgeschoss dazugesellten. Das ging nun wirklich zu weit, denn wir waren als äußerst seriöses Speiselokal bekannt und hatten an dem Abend auch noch ganz »normale« Gäste im ersten Obergeschoss. Ich schoss sofort die Treppe hinauf und sah, dass die Gäste mit Fensterplatz die Ankunft unserer illustren Damen nicht nur bemerkt hatten, sondern sich rege darüber austauschten. Mittlerweile stand Matze mit drei der Damen vor der Türe und stieß mit ihnen und einer Flasche Dom Perignon belustigt an.

»Sagen Sie, was ist denn da unten heute los?« Eine ältere Dame sah mich vorwurfsvoll an.

»Ja, äh, entschuldigen Sie bitte«, meinte ich und kicherte hektisch. »Wir haben heute einen Junggesellenabschied, da geht es rund.«

Ein älterer Herr wandte sich ebenfalls zu mir, seine Augen glänzten und er fragte voller Begeisterung: »Ah, Junggesellenabschied, na da ist ja was geboten! Und wo gehen denn die Herrschaften dann im Anschluss hin? Könnte man sich da noch anschließen?« Sein Blick wandte sich wieder den wenig bekleideten, zugegeben sehr schlanken Grazien zu, die sich mit Matze immer noch vor dem Lokal aufhielten. Er erntete einen zu Tode strafenden Blick seines weiblichen Gegenübers und ich erwiderte nur höflich: »Nein, mein Herr, das kann ich Ihnen leider nicht sagen.« Es war der Herr, der später seine Geldbörse mitsamt Kreditkarten und seiner Burberry-Jacke im Lokal vergaß. Die Dame, die ihm gegenübersaß, nahm er jedoch noch mit, oder sie ihn, wie auch immer.

Ich ging wieder nach unten, wo Matze mittlerweile mit den Damen am Tresen stand und der Bedienung zurief, sie sollte doch die Musik jetzt endlich mal lauter machen.

»Tom, das reicht. Sag denen, sie sollen jetzt gehen, das ist untragbar.« Der Typ nervte mich wirklich und ich fand es war Zeit, dass der Wirt, in Gestalt von Tom, jetzt endlich mal einschritt.

»Ich habe schon zu Chantal gesagt, dass es besser wäre, sie gingen jetzt.« Er hielt mir eine Kreditkarte unter die Nase. »Ich hab schon ihre Karte. Ich geh kurz hoch und zieh sie durch, damit die abhauen.«

Matze kam derweil unten richtig in Fahrt, krabbelte selbst zum CD-Player, drehte am Lautstärkeknopf und hüpfte begeistert auf und ab. Ein großer Sprung und er war auf unserem Wein-Klimaschrank und tanzte wild auf dem teuer erstandenen Interieur.

Das war jetzt genug.

Ich drehte die Musik ab, stach auf ihn zu und keifte nach oben: »Komm jetzt sofort da runter!«

»Uuuuh, da hab ich jetzt aber Angst!« Typisch Arschloch, fand er das auch noch komisch.

»Warum denn?«

»Weil das mein Lokal ist und ich es sage!«, kreischte ich ihn an.

»Das ist mir scheißegal!« Er stampfte auf meinen empfindlichen Holzschränken herum, die jeden Kratzer verübelten. Es verursachte mir körperliche Schmerzen.

»Komm jetzt endlich da runter!«, brüllte ich ihn an. Alle anderen saßen herum, glotzen, und waren gespannt, wie es weiterging.

Er blieb auf einmal stehen, starrte mich aus alkoholtauben Augen an, sprang herunter, baute sich direkt vor mir auf und reckte mir mit einer merkwürdigen Drohgebärde seine fiese kleine Fratze entgegen. »Ja, du bist ja so eine saudumme Kuh, das hab ich schon immer gesagt.«

Ich flüchtete mich auf die andere Seite der Wein-Klimaschränke in die Küche. Er wankte auf seiner Seite des Tresens hin und her und grapschte hinter sich nach einer Flasche Rotwein.

»Weißt du, was du mich kannst, du saublöde, dumme Kuh? Ich mache was ich will«, beschimpfte er mich mit weiteren Drohgebärden.

»Aber nicht in meinem Lokal«, brüllte ich wütend zurück.

»Ich mache überall, was ich will.« Er schwang die leere Flasche Amarone durch die Luft und feuerte sie auf mich ab. Ich ging in Deckung und die Flasche zerbarst laut krachend hinter mir an der Wand, direkt über dem Induktionsherd.

Ich war fassungslos. Das konnte doch wohl nicht wahr sein. Ich bebte vor Aufregung und schrie: »Hau jetzt sofort hier ab, oder ich ruf die Polizei!«

Schon wieder setzte er an und warf mit einer Blumenvase nach mir. Mit lautem Getöse krachte sie gegen eine der drei Wärmelampen über der Anrichtefläche.

Von überall strömten auf einmal Menschen in das Geschehen ein – aus dem ersten Stock kamen Tobias und seine Freunde nach unten und auch alle anderen Gäste aus dem ersten Stock waren alarmiert und drängelten ins Erdgeschoss. Chantal versuchte, ihren wildgewordenen Gatten zum Ausgang zu bugsieren, der sich nach jedem Meter erneut losriss und wieder ansetzte, mit irgendeinen Gegenständen auf mich zu zielen. Er erwischte noch einen Aschenbecher, eine zweite Vase und eine Flasche Pellegrino – das alles landete nacheinander mit lautem Geschepper mitten in unserer offenen Showküche.

»Ich zeig dich an wegen Körperverletzung, du Arschloch!«, schrie ich hinter ihm her. Ich war außer mir. Endlich kam Tom kreideweiß und aufgelöst wieder nach unten gerannt. Natürlich hatte die Kreditkarte nicht funktioniert und er hatte bei seinen diversen Versuchen, die Karte durchzuziehen, im Büro überhaupt nicht mitbekommen, dass die Lage im Erdgeschoss vollkommen eskaliert war.

Entsetzt und wie vom Donner gerührt standen wir da und betrachteten das Chaos um uns herum. Matze hatte wirklich ganze Arbeit geleistet: Die offene Küche war übersät mit Scherben und Splittern, dazwischen einzelne Rosen aus den Blumensträußen, die vorher die Tische dekorativ geschmückt hatten, die Tischdecken runtergerissen, alle Servietten lagen verstreut am Boden, dazwischen Teller, Essensreste und Besteckteile. So eine Verwüstung hatte ich noch nie gesehen, zumindest nicht im richtigen Leben.

Ich brach zusammen und weinte und weinte. »Wo warst du denn? Du kannst mich mit diesem Verrückten doch hier nicht alleine lassen?« Ich drehte mich zu Tom und schrie ihn hysterisch an. Alle Augenpaare richteten sich auf ihn.

»Aber ich habe doch nur die Karte durchziehen wollen. Wie konnte ich ahnen, dass das so aus dem Ruder läuft?« Er war wirklich unter Schock.

»Um alles muss ich mich immer kümmern! Du hättest den schon viel eher rauswerfen müssen. Schau doch, was der angerichtet hat! Immer überlässt du unangenehme Dinge mir, immer muss ich alles aufräumen und du drückst dich einfach. Immer lässt du mich allein!« Ich war fix und fertig und sicher auch etwas ungerecht in meinen Anschuldigungen. Tom zog mich in die Spülküche beiseite und stellte Anna ab, sich um mich zu kümmern, während er die verbliebenen Gäste nach Hause schickte.

Am nächsten Tag betraten wir bereits frühmorgens um sieben Uhr das Lokal und der Anblick der Verwüstung löste in mir sofort eine weitere Tränenattacke aus. Ich war so traurig, es schmerzte mich in der Seele, dass jemand unserem Lokal so wehgetan hatte. Wie wir die Küche bis abends wieder einsatzfähig bekommen sollten, war uns ein Rätsel, denn wo

113

eigentlich hochfeines Essen zubereitet werden sollte, lagen im Moment Scherbenhaufen und Glassplitter. Wir mussten wirklich alles entsorgen, alles und jedes Stück putzen, spülen, neu einräumen. Jeder Schrank, jeder Herdteil, jede Kühlschublade musste lupenrein sauber gemacht und neu befüllt werden. Mit Unterstützung meiner Mutter, die uns wie immer bei allem half, schafften wir es geradeso, das Lokal bis halb sechs wieder vorzeigbar zu gestalten.

Diese Episode war nun einige Jahre her, aber trotzdem konnte ich mich an die Wut und die Traurigkeit, die der Vorfall ausgelöst hatte, noch gut erinnern.

Chantal und Mattias waren nie mehr in unserem Lokal aufgetaucht und ich hatte Tom das Versprechen abgerungen, dass wir sie des Hauses verweisen würden, sollten sie jemals wieder die Frechheit besitzen, in unser Restaurant kommen zu wollen.

Ich sah aufs Meer hinaus, bestellte mir noch einen Espresso und die Rechnung. Ich war so in meine Gedanken versunken gewesen, dass ich gar nicht gemerkt hatte, wie viel Zeit bereits vergangen war. Morgen würde ich in den Ort gehen und ein schönes Wiedersehensgeschenk für Tom suchen.

14

Am nächsten Tag war der Himmel wieder hell und klar, die Sonne lachte mir schon am frühen Morgen entgegen und es ging mir insgesamt immer besser. Ich hatte das Gefühl, meine Ruhe wiedergefunden zu haben und die Dinge wieder gelassen angehen zu können. Ich dachte darüber nach, Tom anzurufen, befand aber, dass es besser wäre, mit ihm persönlich zu sprechen, sobald ich zurück in Deutschland wäre.

In der Zwischenzeit wollte ich unser Wiedersehen so gut wie möglich vorbereiten. Gedanken über unser weiteres Zusammenleben hatte ich mir schon viele gemacht. Heute wollte ich losgehen und Tom für unser Wiedersehen ein Geschenk kaufen.

Nach dem Frühstück ging ich in den Ort und schlenderte ohne bestimmtes Ziel durch die Gassen Sestri Levantes. Es war insgesamt wenig los auf den Straßen, aber die Cafés, Bars und Restaurants waren dennoch gut besucht. Da das Wetter sehr schön war, konnte man sogar – dick eingepackt in die Winterjacke – draußen sitzen und die Zeit genießen. Nachdem ich etwa eine Stunde durch die Straßen gestreift war, ohne dass mich ein Geschäft oder eine Auslage sonderlich inspiriert hatte, setzte ich mich in eines der Straßencafés und bestellte einen Campari. Das Café befand sich direkt an der Strandstraße und ich suchte mir einen möglichst windstillen Platz mit Blick auf das Meer. Um mich herum waren einige ältere Leute, die sich alle zu kennen schienen und angeregte Unterhaltungen führten. Ich blickte um mich und sah von Weitem aus Richtung der Hafenmole einen riesigen Hund an der Strandstraße entlanglaufen. Er war ganz schlank und feingliedrig, hatte weißes, kurzes Fell, eine runde Jagdhund-Schnauze und große Schlappohren. Er trabte entspannt vor sich hin, schnüffelte mal hier, mal da und schien den Tag ebenso zu genießen wie die Menschen in den Bars und Cafés. Seine Beine waren so lang und schlaksig, dass sein Laufen aussah, als tapste er wie an Marionettenfäden umher. Ich musste unweigerlich lachen. Ich liebte Hunde und dieser Kerl sah so süß aus, dass man ihn gleich mitnehmen wollte. Aber zu wem gehörte er? Ging er etwa ganz alleine spazieren? Als ich mir darüber noch Gedanken machte, sah ich einen Mann auf die Straße treten, der offenbar im *Il Peschiero* gewesen war und nun dem Hund Richtung Ortszentrum hinterherkam. Auch er war sehr groß und sehr schlank, hatte aber im Gegensatz zu seinem Hund keinen hellen, sondern einen tiefbraunen, von der Sonne gegerbten Teint. Als die beiden sich näherten, sah ich sein offenes, fast strahlendes Lächeln und seinen freundlichen Blick. Er schien ebenso guter Dinge wie sein Hund zu sein. Zielsicher watschelte der Hund auf mich zu und ich freute mich riesig, endlich wieder einmal ein so weiches, anschmiegsames Kuscheltier zu streicheln. Seit dem Tod von Cliffi hatten Tom und ich keinen anderen Hund mehr zu uns genommen. Ich hatte eigentlich sofort wieder einen Hund haben wollen, aber Tom war dagegen gewesen, wollte erst Abstand zum Tod Cliffis bekommen und, wie er immer sagte, »mal Zeit für uns haben« – was ein Witz war, weil wir die eh nie hatten. Unzählige Male hatten wir über das Thema Hund gestritten und schließlich war es zum alles entscheidenden Zankapfel geworden. Tom kam schließlich mit dem Statement: »Wenn du jetzt einen neuen Hund holst, lasse ich mich scheiden.« Ich fand das absolut unmöglich. Er wusste genau, was mir ein Hund bedeutete und dass ja auch hauptsächlich ich mich um das Tier kümmern würde. Er brauchte nicht zu fürchten, dass alles an ihm hängenblieb. Trotzdem war er bockbeinig und stur und überhaupt in dieser Phase unausstehlich gewesen.

»Jimy, vieni qui«, ertönte die weiche Stimme seines Herr-chens, der den Hund zu sich rief. Der Mann kam dem Hund hinterher an meinen Tisch und ich lächelte beide an, während sich Jimy freudig von mir kraulen ließ.

»Ciao«, grüßte er mich freundlich.

Ich erwiderte den Gruß und dachte, es wäre eine gute Idee, zum Gesprächseinstieg seinen Hund zu loben.

»Un bel cane« – *ein schöner Hund*, sagte ich anerkennend.

»Si, é molto bravo«, sagte Herrchen, offenbar eine rich-tige Frohnatur, lachend und strahlend. Er fragte mich, ob ich denn auch einen Hund hätte und ich erklärte ihm, dass ich 15 Jahre lang einen einzigartigen, wunderschönen und stolzen Jagdhund-Weimaraner-Mischling hatte. Wie immer, wenn ich über Cliffi sprach, geriet ich ins Schwärmen und jedermann konnte sofort ahnen, wie sehr ich an diesem Hund gehangen hatte.

»Scusi, mi chiamo Paolo«, sagte der Fröhliche und stellte sich mit Paolo vor.

»Katja«, sagte ich lächelnd und betonte, dass ich mich sehr freute, ihn und Jimy zu treffen.

Er meinte, so wie ich über meinen Hund redete, müsste ich auf jeden Fall wieder mindestens einen Hund zu mir nehmen. Es gäbe Menschen, so sagte er, für die sei ein Leben ohne Hund nur halb so viel wert und ich sei auch einer von denen.

Da hatte er völlig recht, aber es war müßig, ihm zu erklären, dass ich wegen meines bockigen Ehemannes noch immer keinen anderen Hund aufgenommen hatte. Das war übri-gens auch ein Punkt für meine Liste: Zu einem neuen Leben mit Tom gehörte zweifelsohne auch ein Hund. Cliffi hatte 15 Jahre zu uns gehört und in Zukunft würde ein anderer Hund zu uns gehören. In diesem Punkt würde es auch keinen Kompromiss geben. Mich gab es nur mit Hund.

Paolo erklärte mir, dass er jeden Tag hier entlanglaufen

würde. Er wohnte schon seit elf Jahren in Sestri Levante und hatte sein Geschäft in Genua, aber da er selbstständig als Architekt arbeitete, könne er auch viel von zu Hause machen. Er würde sich freuen, wenn ich ihn und Jimy die Tage mal bei ihrem Spaziergang begleiten würde. Oder vielleicht hätte ich heute schon Zeit?

Ich lehnte für heute freundlich ab und schob dringende Besorgungen vor, die ich noch erledigen musste. Die beiden waren absolut niedlich, aber ich hatte mich in letzter Zeit wirklich in genügend brenzlige Situationen gebracht und brauchte noch etwas Ruhe. Keine neuen Abenteuer! (Obwohl Paolo schon ein wahnsinnig netter und außerdem hübscher Mann war. Nicht, dass ich dem Falschen eine Absage erteilte!)

Kommt Zeit, kommt Rat, dachte ich bei mir und war überzeugt, in Bezug auf Tom, Paolo und den Rest der Welt das Richtige zu tun. Ich schlenderte weiter und suchte nun gezielt einen Herrenausstatter, der mir auf der Suche nach einem schönen Geschenk für Tom weiterhelfen sollte.

Drei Straßenecken weiter stieß ich auf *Luigi*, dessen Schaufensterdekoration so einladend, opulent und prunkvoll war, dass ich nicht widerstehen konnte und hineingehen musste.

Ich sah auf Anhieb einen weißen, leicht glänzenden, changierenden Anzug mit einer schmalen Hose und einem lässigen Jackett. Wenn man diese Kombi ansah, wusste man sofort: Das war nicht billig. Aber Tom wollte seit vielen Jahren einen weißen Anzug haben und der Zufall wollte es, dass mir genau heute einer über den Weg lief. Wahrscheinlich würde er damit aussehen wie eine blonde, etwas untersetzte Ausgabe von John Travolta aus den 80ern. Trotzdem: Ich zögerte nicht lang und erstand das gute Stück für sündhaft teures Geld (es war schließlich ein Armanianzug). Luigi war begeistert, und ich auch!

Als ich auf dem Rückweg zum Hotel war, lief mir Jimy

noch einmal in die Arme. Paolo folgte wieder mit weitem Abstand.

»Das ist Schicksal«, meinte er herzlich lächelnd. »Jetzt kannst du nicht anders, als einige Schritte deines Weges mit mir zu teilen.«

Na gut, ich hatte wirklich nichts gegen etwas Gesellschaft und war ganz froh, zur Abwechslung nicht die ganze Zeit alleine herumzustreunen. Im Gegenteil: Es gefiel mir sogar sehr, mit Paolo und seinem Hund ein Stück zu gehen. Ich fühlte mich wie eine Einheimische, die gerade ihre Einkäufe erledigt hatte und nun mit ihrem Freund nach Hause ging, um dort das Abendessen zuzubereiten. Im gleichen Moment aber machte mich dieser Gedanke zutiefst traurig. Andere Frauen in meinem Alter hatten Familie, Kinder, Haus, Mann und es war ihre Lebensaufgabe, sich darum zu kümmern. Ich hatte so gesehen nichts: Ich hatte viele Jahre viel gearbeitet, hatte mich abgekarpft und gestresst. Und wo war ich jetzt? Alleine in Italien, ohne Familie, ohne Mann, sowieso ohne Kinder und ich hatte nicht mal einen Job. Ich fühlte mich in dem Moment wie ein Total-Versager.

Um mir nicht anmerken zu lassen, dass ich gerade nicht in Hochstimmung war, plapperte ich wild drauflos und erzählte Paolo, wo ich aus Deutschland herkam, wo ich schon überall in Italien im Urlaub gewesen war, dass ich schon als Kind sehr oft mit meinen Eltern hierher in den Urlaub gefahren war und es eigentlich immer mein Traum war, in Italien zu leben.

Paolo fixierte mich mit durchdringenden hellgrünen Augen. Sein Gesicht war immer noch offen und freundlich, aber er sah mir so tief in die Augen, dass ich dachte, er könnte durch mich hindurchsehen und alle meine Gedanken und Geheimnisse lägen wie ein offenes Buch vor ihm. Ich spürte, dass ich unsicher und nervös wurde. Mir war heiß und unwohl und ich lächelte irritiert.

»Aber wenn es immer dein Traum war, warum hast du es dann nie getan?«, fragte Paolo. Eine knappe Frage, die so einfach und gleichzeitig unendlich schwierig war. Es hatte immer tausend Gründe gegeben, warum ich dachte (oder man mir eingeredet hatte) ich könne nicht das machen, was ich wirklich wollte (»Du musst doch erst mal einen ordentlichen Beruf lernen«, »Du musst selbstständig sein«, »Du musst Geld verdienen« etc.). Auf der anderen Seite war es doch so einfach. Millionen Menschen suchten sich ihren Platz zum Leben ein oder mehrmals im Leben neu aus. Ich war immer fasziniert von den Fernsehsendungen, die die Auswanderungen von Deutschen in alle Herren Länder begleiteten und darüber berichteten. Das zeigte ja: Es ging – mal mehr oder weniger gut, aber das lag ja nun auch oft an der Einstellung und Vorbereitung der Emigranten. Wenn ich beispielsweise nach Brasilien auswandern wollte und kein Wort Portugiesisch sprach, war es natürlich kein Wunder, dass ich keinen Job fand und mit den Behörden nicht zurechtkam. Auch wenig verwunderlich, dass der zehnjährige Sohn, der ebenfalls die Landessprache nicht beherrscht, sich ausgegrenzt fühlt und wegen rasenden Heimwehs jeden Abend riesige Szenen macht. Aber von derart schwierigen Fällen mal abgesehen, gab es auch unzählige positive Beispiele.

Ich blickte Paolo in sein offenes Gesicht und wollte ihm eine ehrliche Antwort geben: »Tja, Paolo, das kann ich dir heute nicht mehr so genau erklären. Es hat sich einfach nicht ergeben. Ich bin jemand, der viel an Glück und Zufall im Leben glaubt. Ich glaube, dass wir als Menschen letztlich doch nur sehr wenig Einfluss auf das haben, was uns im Leben passiert. Sicher können wir uns Ziele setzen, Dinge vornehmen, Wünsche haben. Aber wie es letztlich kommt, liegt doch zum größten Teil sowieso nicht in unserer Hand.«

»Hm, da hast du etwas Wahres gesagt«, kommentierte er ruhig und blickte versonnen aufs Meer hinaus.

Wir liefen die letzten Meter schweigend nebeneinander her und als wir den Aufzug zum Hotel *Castello* erreicht hatten, verabschiedeten wir uns höflich und wünschten uns eine gute Nacht.

15

Am nächsten Tag stand ich beschwingt auf und freute mich. Ich freute mich – einfach so, ohne dass etwas Besonderes passiert war. Ich freute mich, dass ich in Sestri Levante war, dass ich gesund war, dass es mir gut ging, dass ich leben durfte. Ich freute mich tatsächlich einfach so des Lebens. Seit Langem konnte ich endlich wieder eine wunderbare Leichtigkeit, einen Frohsinn, eine Zuversicht empfinden, die ich mich in dem Maße kaum erinnern konnte je so empfunden zu haben. Wenn man auf die letzten Jahre zurückblickte, waren meine Empfindungen permanent dominiert – oder besser gesagt überlagert – gewesen von negativen Gefühlen: Ich hatte permanent unter Druck gestanden, Zeitdruck, Leistungsdruck und finanziellem Druck und vor allem Zwänge, Angst und Eingeengtsein empfunden. Bereits am frühen Morgen, wenn ich erwacht war, war die innere Stoppuhr losgerannt und hatte mich wie eine Sklavin meiner selbst in die Schlacht des Tages geschickt, aus der ich immer als Sieger hervorgehen musste, die ich um keinen Preis verlieren durfte. Auch an freien Tagen war ich emotional gar nicht mehr in der Lage gewesen, mich wirklich »frei«, unbeschwert oder vergnügt zu fühlen. Ich war in meinem Hamsterrad gefangen gewesen und eine kurze Verschnaufpause hatte lediglich dazu geführt, dass ich Zeit hatte, mir meine Situation bewusst zu machen, was mich nur noch mehr deprimierte und mich im Zweifelsfall betrinken ließ. Wenn ich damals in mich hineingehorcht hatte, hatte ich mich bedrückt und traurig gefühlt. Ich wollte gar nicht mit mir alleine sein und Zeit haben, denn ich fühlte mich mit mir und meiner Situation überhaupt nicht wohl. Wenn ich mich auf mich selbst besann, stieg eine Art Fluchtreflex in mir hoch und wenn es möglich gewesen wäre, wäre ich vor mir selbst und meinem Leben davongerannt. Ich musste mich dann jedes Mal zusammenreißen, um keinen Heulkrampf zu bekommen oder in wilder Panik eine Dummheit zu machen. Heute aber, an jenem Morgen in Sestri Levante, atmete ich tief durch und mir wurde klar, wie viel ich in den letzten Wochen für mich erreicht hatte. Ich hatte mir selbst endlich erlaubt, aus einer gesetzten Situation – der Ehe, dem Restaurantbetrieb, der Dominanz meiner Mutter – herauszugehen und einen neuen Weg für mich zu suchen. Ich hatte es endlich geschafft, allen Zwängen zum Trotz, mich zu befreien und mir zu erlauben herauszufinden, was ich weiterhin in meinem Leben tun wollte. Auch wenn das bedeutete, dass man vielleicht Fehler machte, war das nicht schlimm, denn diese Fehler machte man, während man seine eigenen Ideen und Wünsche in die Realität umsetzte und nahm sie deshalb gerne in Kauf. Nichts ist für einen Menschen schlimmer, als sein ganzes Leben gezwungen zu werden – von sich selbst oder von anderen. Gezwungen zu werden, Dinge zu tun oder zu lassen, bricht die Seele eines Menschen und lässt ihn innerlich verkümmern. Er resigniert und gibt auf. Und je länger man in seinem Zwangskorsett verweilt, umso schwieriger wird es, sich jemals wieder daraus zu befreien. In manchen Fällen helfen Einflüsse von außen, aber sich entscheiden und agieren, das muss letztlich jeder selbst für sich tun. Und ich hatte es getan und hatte es geschafft. Ich musste zugeben, dass ich stolz auf mich war. Und ich empfand eine riesige Freude ob meines Erleichtertseins. Endlich fühlte ich mich wieder mit mir wohl, alles war in Ordnung.

Beflügelt von meiner Zuversicht ging ich frühstücken und danach spazieren. Ich freute mich riesig, als mir auf der Hafenmole wieder Jimy inklusive Herrchen über den Weg liefen. Die beiden waren so angenehme Zeitgenossen, dass ich gerne mit ihnen ein extragroßes Stück spazieren ging. Ich erzählte

Paolo bei den Spaziergängen an diesem und den folgenden Tagen die ganze Geschichte meiner Ehe. Ich erzählte von dem Lokal, der vielen Arbeit, den Gästen. Ich versuchte ihm zu erklären, wie es dazu gekommen war, dass ich eines Tages alleine nach Sestri Levante aufbrach und wie glücklich ich jetzt war, das getan zu haben. Und er verstand das alles. Er verstand meine Sorgen und meine Traurigkeiten, die mich jahrelang gefangen gehalten hatten. Und er redete mir gut zu, wenn ich laut darüber nachdachte, was ich nun in Zukunft tun sollte.

»Wenn du jetzt, nachdem du Zeit hattest, frei zu werden, das Gefühl hast, du möchtest zurück zu Tom, dann tu das!« Paolo bestärkte mich in meinen Absichten. Selten hatte ich jemanden erlebt, der so einfühlsam und verständnisvoll war. Paolo versuchte wirklich zu ergründen, was das Beste für einen selbst war beziehungsweise was man selbst dafür hielt. Seine Toleranz beeindruckte mich tief. Es gab bei ihm nie ein »Du musst aber« oder ein »Du kannst doch nicht« – alles war möglich, solange es einem damit gut ging. Sein Wesen und seine Geisteshaltung waren bemerkenswert und ich war dankbar, diesen Menschen als Freund gewonnen zu haben.

»Wollen wir heute Abend etwas essen gehen?«, fragte er ein paar Tage später während eines weiteren Spaziergangs und es schien mir bereits das Selbstverständlichste auf der Welt, dass ich mit ihm, der mir so vertraut geworden war, zu Abend aß.

»Ja, gern. Wollen wir ins *Il Peschiero* oder mal woanders hin?«

»Lass uns doch mal was anderes machen. Hast du Lust heute mit mir in Genua wohin zu gehen? Es würde mir viel Freude machen, dir dort meine Stammlokale zu zeigen. Es gibt auch bestimmt Spaghetti al Pesto.«

»Gerne.«

»Gut, ich hol dich dann ab.«

In gewisser Weise befand ich mich in einem Interessenkonflikt: Auf der einen Seite war ich mir sicher, dass ich zu Tom zurückgehen würde. Gleichzeitig spürte ich aber auch, dass ich noch Zeit für mich brauchte und dass ich diese Zeit ohne Tom und das Lokal verbringen musste, wenn ich wirklich zu mir finden wollte. Zusätzlich kam nun hinzu, dass ich einen Freund gefunden hatte, der auf dem besten Weg war, mir in dieser Lebensphase sehr wichtig und wertvoll zu werden.

Sollte heißen: Weißer Armanianzug – ja, ich werde dich nach Deutschland bringen, aber Eile – nein.

Ich fühlte mich sehr erleichtert, dass ich mir selbst noch eine Verlängerung meiner Auszeit zugestand und machte mich abends mit Paolo auf den Weg nach Genua.

Der Abend war sehr nett und unterhaltsam. Wir trafen einige Freunde von Paolo und gingen alle zusammen noch auf ein Getränk in eine Bar, bevor wir uns wieder auf den Heimweg machten.

Am nächsten Tag gingen wir – Jimy, Paolo und ich – zur gewohnten Zeit an der Mole spazieren. Schon von Weitem sahen wir, dass eine kleine Gruppe von Menschen vor dem *Il Peschiero* stand und wild gestikulierend debattierte. Wir näherten uns und sahen die Tante und den Bruder von Signora Ronchi, außerdem einen etwas jüngeren Mann und ein Mädchen, das sicher nicht älter als 16 war. Sie waren so in ihre lebhafte Diskussion vertieft, dass sie gar nicht merkten, wie wir näherkamen.

»Buongiorno«, sagte Paolo herzlich, wie es seine Art war. Die Tante, Signora Mafalda, wie ich mittlerweile wusste, blickte sich um.

»Ah, Signore Paolo, wir sind ganz verzweifelt und wissen gar nicht mehr, was wir machen sollen. Wir haben heute Abend schon 40 Reservierungen und wir haben nur Alfredo hier als Bedienung.« Signora Mafalda zeigte auf den jungen Mann, der uns freundlich zulächelte. »Er kann noch seine Tochter Angela mitbringen«, sie deutete auf das Mädchen, »aber so kann man doch nicht den ganzen Abend bestreiten! Signora Ronchis Bruder kann die Bar machen, aber wo um Himmels Willen sollen wir noch jemanden im Service herbekommen? Stellen Sie sich vor, Aneta, unsere hübsche Schwedin, die seit ein paar Jahren den Sommer über bei uns geholfen hat, ist mit einem russischen Millionär – angeblich zumindest ist er einer – auf und davon. Ist das nicht unglaublich? Haben die jungen Dinger denn überhaupt kein Hirn mehr im Kopf? Was meint sie denn, was sie davon hat? Der hatte ja schon einen ganzen Harem dabei, als er auf seiner Angeber-Jacht hier in den Hafen reingeschippert ist. Jedenfalls ist sie weg, hat heute Morgen ihre Sachen aus dem Restaurant geholt und Arrivederci.« Signora Mafalda schüttelte den Kopf.

Ich überlegte. Diese Situation kannte ich nur zu gut: volles Haus und nicht genügend Leute zum Arbeiten da. Das bedeutete, man hatte schon verloren, bevor der Abend überhaupt losgegangen war. Sollte ich mich anbieten, ihr zu helfen? Einerseits konnte ich mich sicher schnell in den Ablauf einarbeiten und mir auch die Speise- und Weinkarte im Voraus anschauen, sodass ich ungefähr wusste, was ich empfehlen konnte. Auf der anderen Seite war mein Italienisch alles andere als perfekt und ich wollte natürlich auch nicht mehr Schaden anrichten als nutzen.

Paolo sah mich an und erahnte meine Gedanken. »Was meinst du dazu?«, fragte er mich vorsichtig.

»Na ja, ich könnte versuchen, zu helfen«, sagte ich etwas zögerlich.

»Signora Katja hat zu Hause auch ein Restaurant. Sie kümmert sich dort seit zehn Jahren um den Service und ist Mädchen für alles. Sie hätte die besten Voraussetzungen, Ihnen hier zu helfen. Wenn jemand kurzfristig einspringen kann, dann sie.«

»Immer langsam«, bremste ich. »Ich müsste mir erst mal Ihre Karte ansehen und Sie müssten mir alles zeigen und erklären. Ich kann gerne versuchen, Ihnen zu helfen, aber garantieren kann ich für nichts. Mein Italienisch ist natürlich auch nicht so perfekt, wie es für den Service sein müsste.« Meine Ansprüche waren hoch, auch wenn es sich um ein anderes Restaurant als unseres handelte.

»Ah, was heißt hier *nicht perfekt* – Signora, was glauben Sie, mit welchen Leuten wir hier schon zum Teil arbeiten mussten?« Signora Mafalda winkte ab. »Da können Sie froh sein, wenn einer den Unterschied zwischen Spaghetti und Tagliatelle kennt, oder zwischen Oktopus und Scampi.« Hm, das konnte ich mir allerdings sehr gut vorstellen. »Aber wenn Sie uns helfen würden, Signora Katja, wäre das natürlich fantastisch.« Sie strahlte bereits über das ganze Gesicht, sodass ich sie sowieso nicht mehr hätte enttäuschen können.

»Ja gut, dann helfe ich Ihnen heute Abend.«

»Um ehrlich zu sein, wir hatten schon an Sie gedacht. Wir wissen ja, dass Sie in Deutschland auch ein Restaurant besitzen und wollten uns gerade überlegen, wie wir Sie wohl am besten ansprechen könnten. Dass Sie mit Signore Paolo gerade vorbeikommen, ist unser Glück.«

»Gut, dann machen wir es so!«, stimmte ich zu, fühlte mich aber noch etwas überrumpelt. »Wann soll ich da sein, damit Sie mir noch alles zeigen können?«

»Sagen wir um 16 Uhr. Ich zeige Ihnen dann die Küche, stelle Sie Giovanni, unserem Küchenchef, vor und zeige Ihnen den Weinkeller. Ist sicher alles genau so, wie bei Ihnen zu Hause.« Sie strahlte vor Freude und ich war gerührt, dass ich jemanden durch meine Hilfe so glücklich machen konnte.

Ich stand also Punkt vier Uhr nachmittags im *Il Peschiero*.

Da ich oft genug selbst zum Essen dort gewesen war, wusste ich, dass Signora Ronchi immer sehr schlicht, aber elegant gekleidet in ihrem Restaurant erschienen war. Ich hatte also eine schwarze enge Hose und einen feinen, seidigen, schwarzen Pullover mit V-Ausschnitt angezogen. Das passte immer. Eine knielange Schürze mit dem aufgestickten Restaurantnamen rundete mein Outfit ab und schon war ich Angestellte des *Il Peschiero*. Giovanni, der Küchenchef, war ein echtes italienisches Urgestein: Seit 25 Jahren kochte er in diesem Lokal und führte ein strenges Regiment in seiner Küche. Er war etwas größer als ich, kräftig, hatte graues, schütteres Haar und trug neben einer klassischen Kochschürze auch eine überdimensionale Kochmütze, wie man sie vor 30 Jahren getragen hatte. Er musterte mich kritisch, begrüßte mich dann aber sehr freundlich und zeigte mir sein Reich. Die Tatsache, dass ich selbst mit einem Koch verheiratet war, stimmte ihn offenbar milde und befähigte mich aus seiner Sicht wohl, in den erlauchten Kreis derer, die für das Restaurant tätig sein durften, aufgenommen zu werden. Ich sah mir alles an, wanderte durch den Weinkeller *(noch mehr Positionen als bei uns – sicher an die 200!)* und wandte mich dann der Speisekarte zu. Ich konnte bei Giovanni, der mir die Karte mit strengem Blick schulmeisterhaft vortrug, schon einige Pluspunkte sammeln, weil ich wusste, was Kalbsbries war und dass Steinbutt zur Gruppe der Plattfische gehörte. Waren die zehn Jahre Gastronomie also doch nicht ganz umsonst gewesen … Ich erkundigte mich nach den Reservierungen für den heutigen Abend und Signora Mafalda erklärte mir, es sei heute relativ ruhig: eine Gruppe Amerikaner (20 Personen!), die mit einem *Harmony*-Kreuzfahrtschiff unterwegs waren und in Genua zum Landausflug angelegt hatten. Dann zweimal zwei Personen, eine französische Familie, die jedes Jahr in Sestri urlaubte und noch einige Einheimische. Na ja, das war ja gar nicht so wenig. Auf der anderen Seite machte ich das Geschäft ja schon lang genug. Ich musste mich nur gut konzentrieren, alles der Reihe nach abarbeiten und vor allem zu den Gästen freundlich sein, dann ging das schon. Die Kommunikation mit dem Gast war überhaupt das Wichtigste: Man musste den Gast führen, ab dem Moment, in dem er das Lokal betrat, und ihn das ganze Essen hindurch begleiten. Es durften keine Fragen offenbleiben, keine Wünsche unerwidert.

Freudig strahlend begrüßte ich meinen ersten Gast im *Il Peschiero*. Es war ein Einheimischer, der sehr oft abends alleine zum Essen vorbeischaute und sich freute, ein neues Gesicht zu sehen, mit dem er sich austauschen konnte. Der Small Talk auf Italienisch lief ganz gut und ich brachte ihm seinen Aperitif sowie etwas Brot und Oliven. Seine Bestellung war recht einfach (keine Sonderwünsche, alles genau so, wie es in der Karte stand – sehr gut!) und auch den Wein, den er bestellte, konnte ich ziemlich schnell in den riesigen Kellergewölben ausfindig machen. Aber dann ging es rund: Als nächstes kam die Gruppe Kreuzfahrer, und die waren eine echte Herausforderung.

Es ging so los, dass die Tafel, die wir extra für die Gruppe gestellt hatten, nicht den Vorstellungen entsprach. Besser gesagt, die Tafel selbst war in Ordnung, aber ihre Position missfiel. Dass es sich bei der Gruppe um eine reine Damenriege handelte, machte die Sache nicht einfacher. Im Gegenteil: Die Ladys waren offenbar äußerst kapriziös und »verzogen« (man könnte auch sagen launenhaft und zickig) und ich hatte zu tun, dass ich den Hühnerhaufen unter Kontrolle und an ihren Tisch brachte. Das gelang erst, als man ihren Wunsch erfüllte, eine Tafel mit »view«, also mit Blick aufs Meer zu arrangieren, vorher war nichts zu machen. Als sie endlich Platz genommen hatten, schickte ich aus taktischen Gründen

Alfredo an den Tisch, um die Aperitif-Bestellung aufzunehmen. Bei ihm als smartem, braun gebranntem italienischen Charmeur würden die Damen hoffentlich dahinschmelzen und etwas handzahmer werden. Der Plan funktionierte zwar zunächst, aber bei der Essensbestellung sah ich uns schon alle Felle davonschwimmen, denn es gab nicht eine einzige der Diven am Tisch, die auch nur ein Gericht so bestellte, wie im Menü angeboten. Aber hier hatte nun wieder ich den entscheidenden Vorteil, dass ich mich ganz gut auf Englisch verständigen konnte (weit besser als Alfredo). Nachdem die Bestellung aber dann doch etwas zu bunt wurde, hielt ich es für besser, Chefkoch Giovanni gleich mit an den Tisch zu nehmen, sodass wir direkt abklären konnten, was er wie kochen konnte und was nicht. Ich sprintete in die Küche und bat ihn, mit mir nach »draußen« zu kommen. Gnädigerweise erklärte er sich bereit, den Tisch der Damen zu beehren und schritt ehrerbietig in den Speisesaal. Er positionierte sich am oberen Ende der Tafel – huldvoller Blick, Kinn nach oben, Arme vor dem Körper verschränkt. Ich stellte den Damen Giovanni mit einem kleinen Lobgesang vor, was ihn milde stimmte und die Damen begeisterte. Ich erzählte ihnen, Giovanni sei *der* Chefkoch an der Riviera. Seit 25 Jahren im *Il Peschiero* koche er ligurische Küche wie kein anderer, hätte schon Staatsmänner und königliche Häupter zu Gast gehabt, die alle seinem Können zu Füßen lägen. Keine Ahnung, ob dem so war, aber etwas Übertreibung hat noch keinem geschadet und nachdem Giovanni sowieso nicht genau verstand, was ich auf Englisch sagte, waren alle happy. Giovanni nahm den Applaus der Damen geschmeichelt entgegen und die Ladys quiekten vor Begeisterung. Sie würden sicher den ganzen Abend kein einziges Wort der Kritik laut werden lassen, auch wenn ihnen Giovanni eine Tasse getrockneten Schlamm vorsetzen würde. *Raffiniert – sehr gut gemacht*, lobte ich mich selbst und musste beim Thema Raffinesse an meine Mutter denken. Was ich im Privatleben nie beherrscht hatte, gelang mir beruflich sehr gut. Mit viel Taktik und Fingerspitzengefühl brachte ich die meisten Gäste dazu, mir zu folgen und sie zugunsten des Lokals einzunehmen. Bravo.

Die Damenrunde hatten wir also auch geknackt und alle anderen Gäste des Abends waren ihnen gegenüber harmlos. Als die Essen durch waren, spitzte ich zu Giovanni in die Küche und erlebte eine wahre Gefühlsexplosion: »Ah, mia cara, meine Liebe«, tönte es mir mit sonorer Stimme entgegen. »Das hast du großartig gemacht. Du weißt, wie Gastronomie geht!«

Er war völlig begeistert darüber, dass ich ihn ohne lange zu fackeln gleich an den Tisch der Amerikanerinnen mitgenommen und ihn bereits bei der Bestellung einbezogen hatte. Auf die Idee war vorher wohl noch niemand gekommen und er hatte stets etwas abgeschottet in seiner Küche gewerkelt, hatte niemals direkt mit dem Gast gesprochen oder war vor ihm aufgetreten. Das fand er sensationell. Für mich hingegen war es das normalste der Welt, den Küchenchef im Zweifelsfall mit am Gast zu haben, denn erstens hatte Tom sowieso eine offene Küche und war permanent mehr oder weniger mit am Gast, zweitens bezog ich ihn bei schwierigeren Gästen oder Bestellungen schon aus reinem Eigeninteresse mit ein. So konnte er gleich sagen, was ging und was nicht und ich lief nicht Gefahr, dem Gast etwas Falsches zu sagen oder zu versprechen. Giovanni hatte ich so jedenfalls für mich gewonnen.

Gegen Mitternacht schlenderte Paolo mit Jimy zusammen ins Restaurant herein.

»Und? Wie war dein erster Arbeitstag?«, fragte er lachend wie immer.

»Es war gut! Jetzt weiß ich auch, was mir fehlt. Mich um

Restaurant und Gäste zu kümmern ist für mich mittlerweile mein täglich Brot, ohne das ich gar nicht sein kann.« Ich lachte ebenfalls. Es war ein gutes Gefühl, stolz darauf sein zu können, was man geleistet hatte. Ich freute mich schon wieder darauf, wenn ich in unserem Restaurant zu Hause die Gäste empfangen würde. Aber alles brauchte eben seine Zeit, manchmal auch eine längere Auszeit!

Nachdem mein erster Arbeitsabend im Il Peschiero so gut gelaufen war, war klar, dass es auch nicht mein letzter gewesen war. Signora Mafalda bat mich händeringend, in nächster Zeit im Restaurant mitzuhelfen – »wenigstens« abends und »wenigstens« an fünf Tagen die Woche! Dass ich eigentlich nur im Urlaub da war und gar nicht so lange hatte bleiben wollen, interessierte nicht weiter. Schließlich war ich nach Sestri Levante gekommen, um mich auf mich selbst zu besinnen und herauszufinden, wie mein Leben weitergehen sollte. Da ich meinen Plan für die Zukunft bereits gefasst hatte, aber noch nicht gleich nach Deutschland zurück wollte, konnte ich genauso gut auch im Il Peschiero aushelfen. Und man durfte nicht vergessen: Ich verdiente dabei wenigstens Geld, und das konnte ich im Moment sehr gut gebrauchen.

In den folgenden Wochen entwickelte ich dank meines neuen italienischen Jobs einen richtigen Arbeitsalltag. Nach dem Frühstück ging ich hinaus auf die Hafenmole. Meistens begegnete ich dabei Paolo und Jimy und begleitete sie auf ihrem ausgedehnten morgendlichen Spaziergang. Die Mittagszeit nutzte ich, um an den Strand oder in den Ort zu gehen. Am späten Nachmittag trat ich dann meinen Dienst im Il Peschiero an, der mich in der Regel bis zum späten Abend auf Trab hielt. Von Tag zu Tag erschienen nun mehr Gäste im Restaurant, denn die Vorsaison hatte begonnen und mit jedem Tag merkte man, dass sich der Frühling einstellte und mit ihm mehr und mehr Menschen in den Ort kamen. Die

Blüten und Bäume fingen an zu sprießen, wunderbare Oleandersträucher wuchsen von den Hängen der ligurischen Küste herab und einige Grillen begannen bei eintretender Dunkelheit ihr Lied zu zirpen. Der Strand, der noch im Februar einsam und verlassen dagelegen hatte, wurde nun immer lebendiger: Mehr und mehr Menschen, Liegen, Sonnenschirme und Boote bevölkerten die Strandbäder. Die Strandbars, eine nach der anderen, erwachten nach ihrem Winterschlaf wieder zum Leben.

Signora Mafalda hatte mir angeboten, in einem winzigen Appartement über dem Restaurant zu wohnen, solange ich im *Il Peschiero* mitarbeitete. Ich hatte das Angebot dankend angenommen, denn die Hotelkosten im *Castello* überstiegen auf Dauer mein Budget bei Weitem. Und da ich gerne noch einige Zeit in Sestri Levante verbringen wollte, war ich froh, für wenige Euro in der Woche eine Bleibe gefunden zu haben. Mir war klar, dass Signora Mafalda mich bitten würde, die Sommersaison über bei ihr und dem *Il Peschiero* zu bleiben und nicht vor Anfang September wieder zurück nach Deutschland zu fahren, aber ich wollte spätestens nach Ostern wieder zurückgehen.

16

Heute war es so weit. Endlich würde ich meine Heimreise nach Deutschland antreten. Ich fühlte mich nach diesen Monaten in Italien, die voller neuer Erfahrungen und Eindrücke für mich gewesen waren, wie ein neuer Mensch. Ich war zuversichtlich, zufrieden und voller Elan. Ich freute mich, nun wieder zurück nach Hause zu fahren und Tom endlich wiederzusehen. Die ganze Heimfahrt über malte ich mir aus, wie unser Wiedersehen ablaufen würde. Da ich seinen Tagesablauf in allen Einzelheiten kannte, hatte ich mir Folgendes vorgestellt: Heute war Donnerstag und ich würde gegen 16 Uhr ankommen. Ich würde direkt ins *Wembachs* fahren, denn normalerweise kam Tom nach seinen Erledigungen gegen halb fünf ins Lokal, um dann die letzten Vorbereitungen für den Abend zu treffen. Ich wollte dort auf ihn warten und ihn mitsamt einiger schöner Kleinigkeiten, die ich für ihn gekauft hatte, überraschen. Den Armanianzug, den ich ihm mitbrachte, hatte ich kunstvoll in einem riesigen, bunten Geschenkkarton drapiert. Ich hatte außerdem im Park des *Castello* einige riesige Tannenzapfen gesammelt und die schönsten Steine vom Strand mitgenommen, die ich finden konnte. Da Tom Limoncello so gerne trank, hatte ich ihm aus dem *Il Peschiero* noch einige Flaschen des gelb leuchtenden Getränks mitgenommen, die ein Cousin der Signora Mafalda in Sizilien produzierte. Ich konnte mir lebhaft vorstellen, wie überrascht Tom sein würde, aber das war Teil meines Plans gewesen.

In dieser ganzen Zeit, in der ich mir darüber klar werden musste, wie mein Leben weitergehen sollte, hatte ich nun einmal Abstand gebraucht. Und erst in dem Moment, in dem ich tatsächlich wieder bei Tom war, wollte ich mit ihm darüber sprechen. Keine Sekunde vorher. Ich wollte erst ganz sicher sein, dass mein Entschluss wirklich unumstößlich war und es keinen anderen Weg für mich gab. Wenn ich ihm dann wieder gegenüberstand – von Angesicht zu Angesicht –, dann erst wollte ich ihm alles erklären und ihn darum bitten, uns eine neue Chance zu geben. Ich hoffte, ich würde dann die richtigen Worte finden und könnte ihm verständlich machen, warum ich diese Auszeit gebraucht hatte und wie sehr ich mir wünschte, dass wir unser gemeinsames Leben fortsetzen würden. Allerdings nicht ganz so, wie wir es früher getan hatten, sondern besser: Meinen »Zehn-Punkte-Plan«, in dem ich zusammengefasst hatte, welche Verbesserungsmaßnahmen wir angehen sollten, hatte ich natürlich im Kopf, um auch darüber mit ihm zu sprechen. Ich hoffte nur, dass alles gut ging.

Je näher ich auf meiner Fahrt der deutschen Grenze kam, umso unsicherer und nervöser wurde ich. Was, wenn Tom andere Pläne hatte? Wenn er gar nicht darauf wartete, dass ich mir alles überlegt hatte und zu ihm zurückkam? In der ganzen Zeit in Sestri Levante hatte ich diese Möglichkeit tunlichst ignoriert und versucht, auszublenden. Aber konnte ich wirklich sicher sein, dass er bei mir bleiben wollte? Ich hoffte inständig, dass es so sein würde.

Ich konnte es schon gar nicht mehr erwarten, dass ich endlich in die Schwabengasse einbiegen und unser kleines Fachwerkhaus mit der großen Holztür und den Hexenhaus-Fenstern nach so langer Zeit wieder erblicken würde. Ich war mittlerweile so aufgeregt, dass ich schon gar nicht mehr ruhig sitzen konnte. Ich trommelte mit allen Fingern auf dem Lenkrad herum und rutschte auf meinem Sitz unruhig hin und her. Ich war am Vortag in Sestri Levante extra noch beim Friseur gewesen und hatte mir ein schmales, dunkelgraues Strickkleid gekauft, damit ich auch einen guten Eindruck machen würde. Hektische Blicke in den Rückspiegel sollten mir versichern, dass Haare und Make-up in Ordnung waren und ich für meine Verhältnisse ganz gut aussah heute.

Endlich war es dann so weit: Ich bog in die kleine Straße zum Lokal ein und hielt direkt vor der Eingangstür. Ich atmete einige Male tief ein und aus, nahm die große Geschenktüte vom Beifahrersitz und stieg aus. Ich zitterte am ganzen Körper und war so aufgeregt wie noch nie in meinem Leben. Unsicher steckte ich den Schlüssel in die Eingangstür und wollte aufschließen. Aber: Die Tür war gar nicht abgesperrt. War Tom heute also nicht wie sonst auf seiner täglichen Runde um seine Erledigungen zu machen? Ich trat durch die Tür und ging die drei Stufen vom Eingang hinab, sodass ich mitten im Raum stand. Nach all den Wochen und Monaten voll unbekannter Situationen und neuer Umgebungen eröffnete sich mir ein alter, vertrauter Anblick: rechts die Marmortische am Fenster, links die hüfthohen Wein-Klimaschränke, über die hinweg man in die offene Küche blicken konnte. Alles lag ruhig und friedlich da, kein Laut war zu hören, nicht einmal Musik lief, die Tom sonst eigentlich den ganzen Tag spielen ließ.

Meiner früheren Gewohnheit folgend blieb ich mitten im Raum stehen und rief: »Tom? Bist du da?« In dem Moment hörte ich ein Geräusch aus der Spülküche und Tom polterte mit schnellem Schritt und schwer beladen in den Raum. Offenbar war er gerade dabei, einige Einkäufe in Weinkeller, Kühlhaus und Kühlschubläden zu verstauen.

Er lud Schachteln und Kartons mit Lebensmitteln auf der Anrichtetheke in der Küche ab und blickte erst dann zu mir auf. Dass er mich nicht erwartet hatte, war ihm deutlich anzusehen: Er riss seine Augen auf, schob seinen Kopf ungläubig nach hinten und war sprachlos. Nach einigen Sekunden, die mir wie Stunden vorkamen, sagte er laut: »Du? Was machst du denn hier?« Er starrte mich mit einer Mischung aus völliger Überraschung und Verständnislosigkeit an, so als würde er sich selbst nicht glauben, was er da gerade sah. Wie angewurzelt blieb er in der Küche stehen und blickte mich regungslos an.

Ich stand ebenso regungslos auf der anderen Seite der Theke, versuchte, meine Stimme zu finden und sagte: »Hallo, Tom!«

Ohne meinen Gruß zu erwidern wiederholte er seine Frage: »Was machst du hier?« Er hörte sich eher aufbrausend und wütend an als sprühend vor Begeisterung.

»Ich bin wieder zurück«, erklärte ich, was ja offensichtlich war.

»Ja, und?« Er war richtig genervt.

»Ich wollte mit dir reden«, sagte ich kleinlaut.

»Über was willst du denn noch mit mir reden?« Er wurde immer aufgebrachter. Da ich Tom gut genug kannte, wusste ich, dass er sich schwer beruhigen konnte, wenn er erst einmal in Fahrt geraten war.

Ich wurde zunehmend unsicher. »Über uns!«, erklärte ich zaghaft und erwartete eine weitere, explosive Antwort von ihm.

Er trat aus der Küche heraus, kam zu mir auf die andere Seite der Theke und stellte sich mir gegenüber auf. »*Jetzt* möchtest du über uns reden? Das ist ja ganz prima«, schnaubte er verächtlich. »Du tauchst hier auf nach Monaten, in denen du dich nicht gemeldet hast und nachdem du von einer Sekunde auf die andere sang- und klanglos von hier verschwunden bist und möchtest mit mir reden? Über uns? Du spinnst wohl!« Er geriet richtig in Rage. »Darf ich dich mal daran erinnern, dass wir verheiratet waren, und dass dich das einen Scheißdreck interessiert hat, als du mit irgendwelchen Rockern oder Barbesitzern rumgemacht hast und mich hier einfach hast sitzenlassen?«

Natürlich hatten sich meine »Ausflüge« herumgesprochen.

Was sollte ich dazu sagen? Es war eben so, wie es war. Ich konnte damals nicht mehr und musste weg, brauchte Abstand.

»Und es hat dich überhaupt nicht interessiert, was mit mir ist, wie es mir geht oder ob ich über irgendetwas reden möchte!« Er fuchtelte wild mit seinen Händen in der Gegend herum.

»Bitte, Tom, lass mich dir das bitte erklären, bitte!« Ich fing bereits an zu betteln. »Schau mal, ich hab dir auch schöne Sachen mitgebracht, schau sie doch wenigstens mal an!« Ein kläglicher Versuch, ihn etwas zu beruhigen, natürlich sinnlos.

Er packte die Geschenktüte und schleuderte sie durch das Zimmer. Der Limoncello krachte lautstark gegen die Wand. Tom machte auf dem Absatz kehrt und polterte in seine Küche zurück.

Ich machte den nächsten Anlauf. »Bitte, Tom. Lass uns doch in Ruhe reden. Ich möchte dir alles erklären, bitte. Ich habe einfach Abstand gebraucht. Ich war fix und fertig, versteh das doch bitte.«

»Ich, ich, ich! Was anderes hört man von dir nie. Bei dir geht es immer nur um dich, alles andere ist dir doch scheißegal!«, brüllte er mich an.

»Nein, das stimmt nicht. Ich habe mir so viele Gedanken über uns gemacht.« Da seine Redebereitschaft minimal war, kam ich gleich zum Punkt: »Du und ich, wir gehören einfach zusammen. Und ich glaube ganz fest an unsere Zukunft. Ich möchte mit dir weiter zusammenleben und unsere Ehe weiterführen.«

In dem Moment hörte ich ein Geräusch an der Tür. Ein Schlüssel wurde ins Schloss gesteckt, der Türgriff heruntergedrückt und die Tür mit viel Elan aufgeschwungen.

Eine junge, zierliche Frau betrat beschwingt das Restaurant. Sie hatte dunkle, glatte, lange Haare und trug Jeans und T-Shirt. Sie sah aus wie eine Südländerin, hätte auch aus Sestri Levante stammen können: olivefarbener Teint, braunschwarz glänzendes Haar und dunkle Augen. Sie sah jung aus, vielleicht um die 30. »Hi Schatz, ich hab jetzt leider nicht alles beim Großhändler bekommen, aber …« Als sie bemerkte, dass »Schatz« nicht alleine war, hielt sie abrupt inne.

Ich starrte sie an, sie starrte mich an. Tom senkte den Kopf, schüttelte ihn dann und schwieg.

Ich brauchte einige Sekunden, um zu begreifen, was gerade passierte und was es zu bedeuten hatte. Die Frau hatte »Schatz« gesagt – zu meinem Mann. Und offensichtlich hatte sie einen Schlüssel zu Toms Allerheiligstem. Und sie ging offenbar auch noch für ihn zum Großhändler einkaufen.

Keiner von uns dreien sagte ein Wort. Wir blieben alle wie angewurzelt stehen und jeder wartete darauf, dass einer dem anderen etwas sagte. Aber zunächst herrschte Stille.

Schließlich sagte ich: »Wer ist das? Und warum hat die Dame einen Schlüssel zu unserem Lokal?« Ich blickte fragend zu Tom. Nur mit großer Mühe schaffte ich es, mich zu beherrschen und mit leiser Stimme zu sprechen. Am liebsten hätte ich lauthals losgeschrien und wäre buchstäblich im Dreieck gesprungen. Das konnte doch jetzt nicht wahr sein. Mein Ehemann hatte mich allen Ernstes offenbar bereits *ersetzt*! Und wir sprachen hier dem ersten Anschein nach nicht von einer Affäre oder einem One-Night-Stand. Ganz im Gegenteil: Die Frau schien bereits vollständig integriert ins Privat- wie auch Restaurant-Leben. Überflüssig zu erwähnen, dass mich das wie ein Hammerschlag traf und die Tatsache, dass sie viel jünger war als ich, setzte noch eins oben drauf. Außerdem sah sie toll aus, hatte ein offenes, freundliches Gesicht, brauchte kaum Make-up zu tragen und war auch noch superschlank. Und das konnte man als Frau mittleren Alters nun wirklich nicht verkraften. Wenn es sich wenigstens um eine Person gehandelt hätte, die man in irgendeiner Weise vor sich selbst schlecht reden konnte, konnte man doch schon viel besser mit der Situation umgehen. Wenn sie zum Beispiel viel zu aufgebrezelt, zu stark geschminkt, zu dick (das war überhaupt die größte Genugtuung, wenn man selbst schlanker war als SIE) oder zu sonstwas war. So aber blieb einem nichts übrig, außer sich selbst schlechtzureden – und das war schmerzvoll und quälend.

»*Unser* Lokal?« Toms Stimme war wieder laut. »Jetzt ist es wieder *unser* Lokal? In den letzten Monaten war es ja auch nicht *unser* Lokal. Einen Dreck hast du dich geschert um *unser* Lokal!«

»Tom, ich habe zehn Jahre in diesem Lokal Tag und Nacht geschuftet. Und nur, weil ich irgendwann fix und fertig war und einmal im Leben ein wenig Zeit für mich gebraucht habe, ist das erstens immer noch unser Lokal und zweitens kein Grund, sich sofort die erstbeste weibliche Person, die einem über den Weg läuft, als eine Art Ersatz für mich zu schnappen. Das ist eine absolute Unverschämtheit!« Auch meine Stimme wurde nun lauter und zunehmend schrill. »Die Dame scheint ja bereits alle Aufgaben zu übernehmen, die ich früher erledigt habe, inklusive privater Betreuung.«

Ich wusste, wie sehr Tom Konfrontationen hasste und mir war klar, dass diese Situation eskalieren musste, wenn alle drei Anwesenden auch anwesend blieben. Ich wollte, dass die Dunkelhaarige das Restaurant auf der Stelle verließ. Ich wollte mit Tom alleine weiterreden und wandte mich an die Frau.

»Darf ich Sie bitten, uns alleine zu lassen. Mein Mann und ich haben einiges zu besprechen.« Ich wusste, dass mein Ton schnippisch und von oben herab war und das mir das nichts einbringen würde, aber ich wusste mir einfach nicht zu helfen.

Raffiniert! Klang mir wieder Mutters Zauberwort im Ohr. *Versuch doch wenigstens jetzt einmal, raffiniert zu sein und taktisch vorzugehen. Mit Anschreien und Vorwürfen kommst du garantiert nicht weiter und treibst ihn noch zusätzlich in die Arme der Dunkelhaarigen.* Genau das würde meine Mutter jetzt sagen. Aber wie auch schon vor 20 Jahren konnte ich das einfach nicht. Ich konnte nicht strategisch agieren, ich war so wütend, so aufgebracht. Ich musste es sagen wie es war. Und ich wusste, dass ich damit erst recht alles verderben würde.

Die Dunkelhaarige kam auf mich zu, streckte mir die Hand entgegen und sagte ruhig: »Frau Wembach, darf ich mich erst einmal vorstellen? Ich bin Giulietta, ich freue mich, dass wir uns treffen.«

Oh Gott, das auch noch, das konnte doch nun wirklich kein Mensch aushalten. Sie war erstens tatsächlich eine *Italienerin* (wo ich doch auch so gerne Italienerin gewesen wäre oder wenigstens mit einem Italiener hätte verheiratet sein wollen …) und zweitens war sie auch noch total *souverän* in dieser Situation. Ich hatte bereits doppelt und dreifach verloren. Und es war mir in diesem Moment glasklar. Wenn ich eine Chance gehabt hatte, meine Ehe zu retten, dann war diese vergangen. Während ich noch überzeugt gewesen war, dass ich Zeit und Abstand brauchte, hatte eine andere bereits, ohne dass ich es ahnte, meinen Platz eingenommen. Und diese andere war angesichts ihrer Widersacherin auch noch vollkommen gelassen, ruhig und freundlich. Was natürlich auch bedeuten konnte, sie war sich ihrer Sache bereits derart sicher, dass sie die Auseinandersetzung mit mir nicht scheute. Das war der Super-GAU, der völlige Knock-out. Es zog mir schier den Boden unter den Füßen weg.

Völlig perplex reichte ich der Italienerin die Hand. Ich brachte kein Wort mehr heraus. Die andere hatte einen festen, aber dennoch sanftmütigen Blick, den sie auf mein Gesicht richtete. Ich kam mir bloßgestellt und unterlegen vor. Ich nahm wortlos meine Tasche und stürzte zur Tür, in mein Auto und fuhr los. Nur weg von hier.

Ich fuhr einfach vor mich hin, ohne zu wissen, wohin ich eigentlich fahren wollte. Ich versuchte, das, was gerade passiert war und was offenbar alles in den letzten Wochen passiert war, in meinem Kopf zu ordnen. Tom hatte eine andere! Und es war kein Flirt, es war eine Partnerschaft! Allein in den wenigen Minuten, die ich gerade im Lokal gewesen war, war das deutlich geworden. Das Verhalten der attraktiven Italienerin sprach eine deutliche Sprache: Sie war sich ihrer selbst sicher – und in Bezug auf Tom: Sie war sich auch seiner sicher. So sicher, dass sie auch meine unmittelbare Anwesenheit nicht als Bedrohung empfand. Im Gegenteil: Sie schien eher Mitleid zu haben und war besonders freundlich, als ob mich das in irgendeiner Weise trösten sollte. Ich konnte es nicht fassen. Woher hatte er sie? War sie ein Gast? Eine Aushilfe? Hatte sie keinen Job, um den sie sich kümmern musste? Als ich meine Aufmerksamkeit für einen Moment weg von meinen Gedanken hin zu meiner Umgebung richtete, stellte ich fest, dass ich auf der A3 Richtung Steigerwald fuhr. Ich liebte den Steigerwald und war früher jedes Wochenende dort hingefahren, um lange Spaziergänge mit Cliffi zu unternehmen. Als er zu alt und schwach wurde, mussten wir das sein lassen. Aber manchmal bin ich trotzdem mit ihm rausgefahren, einfach, um mit ihm auf der Wiese zu sitzen und die sanfte Hügellandschaft mit dem satten Grün der Wiesen und den dichten Wäldern im Hintergrund zu betrachten. Ich fühlte mich immer geborgen und geerdet und in Krisenzeiten war der Steigerwald der nächstgelegene Zufluchtsort für mich. Ich nahm die Abfahrt Pommersfelden und fuhr die Schnellstraße Richtung Schloss Weißenstein. Wie früher bog ich vor dem

Ortseingang scharf links in einen Feldweg und parkte mein Auto an einem kleinen Karpfenweiher, von denen es in der Gegend unzählige gab. Ich stieg aus und versuchte, für einen Moment an gar nichts zu denken und nur wahrzunehmen, was sich um mich herum darbot. Es war warm und sonnig, die Luft war frisch und es roch nach Getreide, das ringsum auf den Feldern stand. Ich schloss die Augen, atmete tief ein und streckte die Arme aus. Als ich wieder aufblickte, sah ich einen Schwarm Fischreiher im Gleitflug über die lang-gestreckten Wiesen hinwegschweben. *Das wäre schön, jetzt einfach so wegfliegen zu können!* Ich schloss das Auto ab und ging los, spazierte meinen üblichen Weg an den Wiesen ent-lang bis zu einem kleinen Flusslauf, ihm folgend eine große Runde beschreibend auf der anderen Seite der Wiese einen Hügel hinauf, von dem man aus einen wunderschönen Blick auf das Wiesental hatte. *Ich muss einfach einmal in Ruhe mit Tom sprechen!*, sagte ich zu mir selbst. Vielleicht gab es ja eine Möglichkeit, dass wir doch wieder zusammenkamen.

Kurzerhand griff ich zu meinem Handy und wählte Toms Nummer. Er meldete sich sofort, aber seine Stimme verriet schon, dass er zum einen gesehen hatte, dass es ich war, die anrief und dass er zum anderen wütend war. »Tom, können wir bitte mal ganz in Ruhe miteinander reden?«, fragte ich höflich und leise. »Ich war vorhin derart überrumpelt, bitte, können wir uns treffen und alles miteinander besprechen?«

»Was willst du denn noch besprechen? Du hast doch die Fakten geschaffen! Du bist doch einfach abgehauen! Dass du jetzt aus dem Nichts wieder auftauchst und erwartest, dass sofort wieder alle nach deiner Pfeife tanzen, ist typisch für dich. Aber vergiss es, ich mach das nicht mehr. Ich hab mich endlich befreit. Du kannst mir nicht mehr vorschreiben, was ich tun oder lassen soll. Die Zeiten sind vorbei, ein für alle Mal.«

Das war ein Fausthieb in die Magengrube, mir wurde schwindlig. Die Tränen stiegen mir in die Augen. Ich kannte Tom gut genug, um genau zu hören, wie er das meinte, was er sagte. Und es war völlig klar, dass er das, was er gerade gesagt hatte, auch hundertprozentig so meinte. Seine Stimme war fest und entschieden, ohne Bedauern. Es lag Bitterkeit in seinem Ton, aber nicht eine Nuance von Offenheit mir gegenüber.

»Aber du bist doch meine Familie«, fing ich an zu flehen. »Du kannst das alles, was wir haben, doch nicht einfach wegschmeißen. Lass es uns doch noch einmal versuchen. Unsere Beziehung ist so wertvoll, so etwas kann man nicht einfach beiseiteschieben.« Ich merkte, wie verzweifelt ich klang und wusste, es war alles vergeblich, ich hatte bereits verloren.

»Katja, es tut mir leid, aber ich habe jetzt eine neue Partnerin. Ich habe mir sehr viele Gedanken gemacht, aber ich möchte nicht mehr mit dir zusammen sein.«

Ich versuchte, mich noch einige Sekunden zusammenzureißen und sagte nüchtern: »Das muss ich dann wohl akzeptieren«, war mir allerdings noch gar nicht bewusst, was das eigentlich hieß. Ich legte auf und fing an zu schluchzen. Ich weinte bitterlich. Ein wahrer Sturzbach an Tränen ergoss sich über mein Gesicht und tropfte in das Gras um mich herum. Ich sackte in mich zusammen und heulte ohne Unterlass, konnte mich einfach nicht mehr beruhigen. Ich saß einfach da, mitten in der Wiese, geschüttelt von Heulkrämpfen und war verzweifelt.

Epilog

Fünf Jahre später. Der Morgen brach an in Sestri Levante und ich stand an der Mole, die hinausführte an den Hafen. Das *Il Peschiero* war dank meiner Hilfe in den letzten Jahren erfolgreich weitergelaufen. Signora Ronchi hatte seit ihrem Unfall das Lokal nur noch als ihr eigener Gast betreten können. Ihre schweren Verletzungen an Knie und Oberschenkel hatten es ihr ein für alle Mal verboten, im Restaurant zu arbeiten. Genau wie damals in Toms Restaurant war ich als Mädchen für alles eingesprungen, hatte mit viel Liebe zum Detail den Gastraum gestaltet, gepflegt und geputzt. Wie ich es immer tat, hatte ich auch die Aufgabe in Sestri mit vollem Engagement und Hingabe übernommen. Ich hatte immer versucht, alle Herausforderungen, denen ich begegnete, so gut wie nur möglich anzunehmen. Nicht nur ich, sondern auch das *Il Peschiero* hatte so gesehen Glück gehabt, dass ich durch einen puren Zufall mit ihm zusammengetroffen war und sich die Möglichkeit aufgetan hatte, dass ich dort arbeitete. Nach und nach lernte ich auch dort alle Stammgäste immer besser kennen, war mit ihren Vorlieben und Sonderwünschen vertraut und versuchte, sie so gut ich konnte zufriedenzustellen. Während der Saison war das Geschäft wirklich hart, denn sowohl in der Mittagszeit wie auch am Abend war das Restaurant brechend voll. Da ich in meiner Position sozusagen auch den Chef de Rang darstellte, war ich in den starken Monaten an sechs Tagen die Woche nun mittags und abends im Restaurant. Das war bei Weitem noch mehr als ich damals in Deutschland für unser eigenes kleines Lokal gearbeitet hatte. Aber das *Il Peschiero* war im Moment mein ganzer Lebensinhalt und ich war im Grunde genommen froh, dass ich mich dort so stark engagieren konnte. Ich mochte die Leute dort und die Leute mochten mich, das war schon mehr, als man in vielen anderen Arbeitssituationen erwarten konnte. Insgesamt gesehen konnte ich zufrieden sein.

Trotzdem hatte es in all den Jahren keinen einzigen Tag gegeben, an dem ich nicht wehmütig an Tom und »unser« Lokal gedacht hatte. Kein Tag, an dem ich mir nicht gewünscht hätte, ich könnte am späten Vormittag die große, hölzerne Eingangstür des *Wembachs* aufschließen und mich um all die liebgewonnen Details kümmern. Kein Tag, an dem ich nicht sehnsuchtsvoll an Tom dachte.

Und jeden Tag fragte ich mich selbst aufs Neue, wie ich das alles hatte wegschmeißen können. Gleichzeitig wusste ich natürlich noch sehr gut, was mich nach vielen Jahren dazu bewogen hatte. Ich versuchte mich dann jedes Mal zu beruhigen und mir vorzusagen, dass ich sehr wohl meine Gründe für die Trennung gehabt hatte. Gute Gründe. Und ich zwang mich jedes Mal, mir vor Augen zu führen, dass ich die Auszeit damals einfach gebraucht hatte. Dass ich – dass wir – an einem toten Punkt angelangt waren, an dem es in diesem Moment einfach nicht mehr weiterging. An einem Punkt, der es auferlegt hatte, sich zurückzunehmen und Abstand zu gewinnen. Der es notwendig gemacht hatte, sich selbst zunächst freizumachen, bevor man in irgendeine Richtung wieder weitergehen konnte. Eine Gesetzmäßigkeit des Lebens. Und an dieser war ich gescheitert. So sehr ich es auch versuchte, ich konnte mich nicht damit arrangieren, dass ich mein früheres Leben aufgegeben und verloren hatte, obwohl es damals eine Notwendigkeit für mich war, das zu tun, was ich getan hatte. Dennoch konnte ich mir selbst nicht verzeihen, dass ich von dort weggegangen war, wo ich meiner tiefsten Überzeugung nach definitiv hingehörte. Aber das hatte ich in meinem damaligen Aus-der-Bahn-geraten-Sein so nicht mehr wahrnehmen können. Aber je mehr Zeit seit damals vergangen war, umso sicherer war ich mir, dass ich *meinen* Platz in meinem Leben verloren hatte. Diese Erkenntnis war so bitter und schmerzvoll, dass ich an manchen Tagen meinte, nicht damit weiterleben zu können.

Aber was war all die Selbsterkenntnis wert, wenn doch die andere Person, die beteiligt war, sowieso ganz anders empfand? Was half es mir, mich aufzuarbeiten und zu grämen, wenn Tom sich derweil völlig anders orientiert hatte und damit vielleicht auch äußerst zufrieden war? War er denn zufrieden? Ich wusste es nicht. Ich wollte es auch gar nicht wissen. Solange er nicht reumütig ankam und mich auf Knien bat, zu ihm zurückzukommen, wollte ich gar nichts mehr von ihm hören. Am Ende hatten er und seine Giulietta mittlerweile auch noch Bälger in die Welt gesetzt, was mir endgültig den Rest geben würde.

Ich hatte im Spiel des Lebens so gut gespielt, wie ich eben konnte, aber letztlich hatte ich verloren. Und mein einziger Wunsch war: dass ich irgendwann vielleicht doch noch eine zweite Chance bekam.

Ende